PLAZA & JANES

P & J

EDITORES

Chumy Chumez

AYER CASI ME MUERO

PLAZA & JANES EDITORES, S. A.

Portada de
CHUMY CHUMEZ

Primera edición: Mayo, 1988

Editado por PLAZA & JANÉS EDITORES, S.A.
Virgen de Guadalupe, 21-33
Esplugues de Llobregat (Barcelona)

Fotocomposición: gama, s.a.
Arístides Maillol, 3-5
08028 Barcelona

Printed in Spain
Impreso en España
ISBN: 84-01-37325-5
Depósito Legal: B. 20150-1988
Impreso en Libergraf
Constitución, 19 - Barcelona

Las páginas que tienes en tus manos, querido lector o lectora, y que están dedicadas a los médicos, menos dos, que generosamente se han ocupado de mis enfermedades reales o imaginarias, no son unas confesiones, ni una novela ni una autobiografía. Son, simplemente, un libro; un libro que pretende ser terapéutico, que intenta aliviar con el humor las penas de la hipocondría.

Lo empecé a escribir estando malito y desalentado, no muy lejos de las fauces de la muerte, para distraer el pavor que sentía. Por eso este libro tiene algo de enfermo y adolece de las volubilidades de los procesos febriles.

Está escrito en la convalecencia de un hipocondríaco que desde que dio el primer vagido vivió en la constante angustia de saberse mortal, aunque nunca hizo nada que mereciese tan exagerado castigo de los dioses.

Escribirlo me ayudó a curarme.

¡Ojalá también a ti te sirva para algo!

1

Ayer me dieron la noticia por teléfono. Por fin van a hospitalizarme.

He vencido.

Presiento que el cirujano ya está afilando el bisturí con el que me rajará el abdomen de arriba abajo y podrá confirmar así lo que le vengo diciendo hace tiempo: que alguna de mis vísceras se está descomponiendo en mi interior empujándome hacia la muerte.

Yo no quiero ser menos que mi amigo Diógenes Laercio. Quiero que también a mí me hurguen bien en los intestinos aunque para ello tengan que abrirme como a él medio torso desde el estómago hasta el pubis y poder tener así la delicada cicatriz que tiene él rematada fálicamente con el simbolismo de una punta trifurcada. No me importa correr el riesgo de que se expongan mis tripas al aire en un quirófano infectado de bacterias al acecho, porque sé que ésa es la última solución que queda para que sobreviva. La química y la ignorancia de mi médico ya han hecho todo lo posible para llevarme a la tumba. Ya sólo queda la última solución: la del sadismo científico de los rajatripas.

Todo está dispuesto. Conozco bien el hospital donde seré sacrificado y voy preparado. En el maletín tengo dos pijamas, unas zapatillas, jabón de olor, el cepillo de dientes, una historia de la cirugía y un cuaderno para anotar día a día mis experiencias en el hospital. Desgraciadamente, antes de la operación seré anestesiado y no podré vigilar la excepcional aventura que me espera, no viviré conscientemente el angustioso placer de ser acuchillado con la frialdad y la sabiduría de la ciencia.

Voy confiado. Tengo en mis manos el elegante prospecto que cogí en el hospital cuando el pobre Diógenes Laercio sufrió lo que yo voy a gozar ahora. Sé mis derechos y mis deberes. Entre los primeros está –leo y sonrío por la generosidad con que prometen lo que luego no cumplirán–, el derecho a «recibir información completa de todo lo relativo a su proceso y asistencia, incluyendo diagnóstico, alternativas de tratamiento y riesgos y pronóstico, que serán facilitados en un lenguaje comprensible». Estaré, dicen, bien informado, pero yo no les creo.

Yo no pienso ser un enfermo pasivo, que

abandona su cuerpo al capricho de sus teóricos salvadores. Yo quiero saber qué tengo, porque aunque ya le he explicado claramente el diagnóstico al médico que ha ordenado mi ingreso, necesito que su autoridad lo confirme con una exploración *in situ*, quiero saber también qué riesgos de muerte he corrido, de qué y por qué me he curado y el grado de salud que habré alcanzado después de la operación.

Ahora estoy tranquilo, ojeando un artículo titulado «El cirujano de sí mismo» donde se explica con sencillez los principales síntomas de la patología abdominal. Si lo hubiera conocido durante los meses en que Diógenes estuvo en el hospital posiblemente le podría haber evitado gran parte de los sufrimientos que padeció.

Me llamo Fernando pero todos mis amigos me conocen por Fernando Tercero, no porque descienda de reyes sino porque mi abuelo y mi padre también eran Fernandos como yo y entre los tres estamos fraguando una posible dinastía.

Estoy solo. Una dulce y sosegada música acaricia la paz de mi corazón que late con la inocencia de los paisajes solitarios. La luz de la habitación es delicada, de una dorada suavidad que acaricia la soledad del espacio en que me encuentro y me habita. Tanta felicidad me inquieta porque sé que la belleza es una de las máscaras de la muerte que quizá ya está afilando su guadaña frotándola con el bisturí que iniciará en breve mi sacrificio redentor.

La serena paz con que me enfrento al riesgo de la muerte ha sido interrumpida por los golpes que están dando en la puerta. Deben de ser ellos que vienen a buscarme para acompañarme al hospital. Como un globo pinchado mi dicha desfallece y cae a mis pies. El corazón ha empezado a latirme de una manera grosera e imperdonable. Súbitamente me ha invadido un miedo que no me merezco. Mal síntoma. No es bueno que las vísceras empiecen a opinar por su cuenta. Me irritan estos testimonios de mi cuerpo que intenta demostrarme que yo no soy yo, que yo soy solamente una organización temporal de carne palpitante que piensa estúpida e irracionalmente. Pero sabré vencer el miedo que intenta enajenarme, sabré comportarme como un hombre. No puedo perder en estos momentos la sangre fría, tengo que vigilar bien el destino de mi persona, porque sé –lo he adivinado en sus miradas, en sus sonrisas, en sus cuchicheos– que en vez de ingresarme en el Hospital Provincial son capaces de llevarme al Manicomio Municipal.

Esos locos que se van a ocupar de mí son capaces de cualquier cosa.

2

Yo, Fernando Tercero, declaro solemnemente que los acontecimientos que me han conducido a esta situación agónica en que me encuentro empezaron hace dos meses una noche que tuve un sueño que me llenó de angustia. Desde entonces casi todo lo que ocurre a mi alrededor me llena de angustia; desde entonces vivo aterrorizado temiendo que una inesperada catarata de cataclismos se vierta sobre la fragilidad de la unidad de mi cuerpo y de mi espíritu.

Me he transformado en un ser pusilánime, meditabundo; en un miserable hipocondríaco, en un converso de la triste secta de los adoradores de la enfermedad. Eso, al menos, dicen de mí, pero yo me río desde mi silencio porque sé que la razón es mía. Eso que dicen de mí es falso. Yo no veo fantasmas de enfermedades que no existen. Eso que ellos llaman fantasmas son heraldos, son los augurios de que la carne está herida, se siente desamparada y pide ayuda desde su desamparo.

Aquella noche, digo, soñé que era niño y dormía en la habitación de mis padres. En el sueño vi que alguien a quien no pude reconocer, una forma siniestramente humana, abría la puerta del dormitorio y se acercaba a la cama de mis padres donde yo dormía, me destapaba dejando al aire mis desnudeces y me besaba el ano, es decir: el culo. Luego, tan misteriosa y amenazadoramente como había entrado, la forma siniestramente humana se fue. Recuerdo que yo lloraba porque el besador del orificio de mi trasero era un ser oscuro y frío, informe casi, pero siniestramente humano repito de nuevo. Mi madre, al oír mi llanto, acudió a tranquilizarme. Iba a acariciarme con la dulzura que siempre lo hacía, pero se lo impidió la sombra inquietante que había entrado de nuevo en el dormitorio donde estábamos mi madre y yo. La sombra detuvo el gesto de amor de mi madre, impidió que me acariciase y la arrastró violentamente al otro extremo de la cama y allí se abalanzó sobre ella. Yo les veía luchar, oía el vigoroso jadeo de la sombra y los extraños gemidos de gatita herida de mi madre. Me quedé paralizado, lleno de espanto. Yo quería ir a su lado, yo quería ayudar a mi madre y acabar con aquella lucha que tanto me inquietaba, pero no podía moverme. Por fin lo conseguí y me dirigí hacia ellos. La sombra, al advertir mi presencia, se volvió hacia mí. Vi entonces su rostro espantoso, el espantoso rostro de mi padre desfigurado por el odio y la ira, un rostro sin pupilas, un rostro de cíclope de cuya frente brotaba una especie de zanahoria brillante en cuyo extremo lucía un ojo satánico que me miró con furia.

En ese momento me desperté aterrorizado. Me palpitaba el corazón, sudaba, respiraba con dificultad. Encendí la luz y la cotidiana imagen de mi dormitorio me calmó un poco.

Intenté, como hago siempre que tengo uno de esos sueños angustiadores, conocer el significado de la pesadilla, pero fue, como siempre, en vano. Sólo podía comprender que el sueño se relacionaba con mis padres.

Recordé que la víspera fue el aniversario de la muerte de mi madre, del de su nacimiento y del de su boda. Apagué la luz e intenté dormirme de nuevo, pero no podía. La angustia persistía. Empecé a recordar imágenes de escenas que había presenciado en mi infancia. Vi a mi madre colocada boca abajo en las rodillas de mi padre que le había levantado las faldas y le azotaba sus nalgas nacaradas. Yo estaba seguro de haber presenciado de niño esa escena y recordaba la repugnancia que me produjo ver cómo mi madre se reía complacida al recibir los azotes que sonaban en sus hermosos glúteos con unos chasquidos frescos y joviales. ¿Por qué se reía mi madre cuando era maltratada? Nunca lo he sabido, pero los azotes que ella recibía en el trasero los siento todavía como si me los hubieran dado a mí en el rostro. Al recordar la escena todavía me sonrojo.

En aquel momento de angustias y dudas oí cerca de mi dormitorio un ruido que me era familiar: el roce de unas zapatillas empujadas por unos pies cansados que se arrastraban por el pasillo en dirección a mi cuarto. Luego, la puerta, que se solía abrir lentamente hasta mostrar la imagen de mi madre muerta, se quedó esta vez entreabierta y sólo pude oír la voz desfallecida de mamá que de nuevo me llamaba:

–Ven, Fernandito, ven aprisa, que se te está enfriando la sopa.

Sobresaltado, encendí de nuevo la luz y vi que la puerta se cerraba lentamente. Al terror que me había producido la pesadilla soñada se sumó el terror que me produjo aquella puerta levemente agitada y que quizá sólo había sido movida por el viento. Me entraron unas ganas violentas de hacer pipí. Me estaba meando vivo.

En ese momento sonó el teléfono.

Era mi amigo Diógenes.

–Fernando –me dijo con voz débil y temblorosa– tienes que venir inmediatamente a verme. Estoy muy enfermo.

Luego dejó de hablar. Oí un ruido seco. Parecía que el teléfono, o quizás él mismo, se había caído al suelo. Le hablé, grité, pero Diógenes no contestaba. Colgué el teléfono y marqué su número. Estaba comunicando. Pensé que el insensato de Diógenes había intentado suicidarse. Porque hablar de su inminente suicidio era una de sus bromas favoritas. «Algún día –solía decirme– vendrás a mi casa y me encontrarás sangrando por todos los orificios nobles e innobles que nos comunican con el mundo.» Y añadía: «¿Qué harás entonces?» Yo siempre le contestaba que me iría sin dejar huellas de mi presencia para evitar que la Policía sospechase que yo había sido el asesino. Diógenes me miraba con tristeza y después añadía que no le sorprendería nada mi conducta.

–Hasta los amigos más íntimos desean nuestra muerte.

–¿Tú deseas la mía? –le preguntaba yo.

–Sí, claro que la deseo. Yo no soy un monstruo que piense contra natura.

Fui, pues, a su casa presagiando lo peor, dispuesto a marcharme sin dejar huellas si le encontraba difunto. Estaba agotado con el sueño de mis papás, la visita de mi difunta mamá, el posible suicidio de un amigo y las ganas de hacer pis que habían vuelto de nuevo acrecentadas por el miedo. Porque yo, desde niño, siempre que he sentido miedo he sentido también inmediatamente ganas de hacer pis. «Eso te vendrá bien –me solía decir a veces a mí mismo en broma– cuando la próstata flaquee. Ya sabes el sistema: contra tu incontinencia de orina senil, escenas de pavor. Tienes suerte. Es un remedio sano, eficaz y económico.»

Cuando llegué al piso de Diógenes encontré la puerta abierta. Entré temeroso de encontrarme su cadáver o la parodia de una muerte fingida, pero mi amigo me estaba esperando sentado en la cama. No me dejó preguntarle lo que había pasado.

–Fernando –me dijo– tienes que ir rápidamente a una farmacia. Tengo un dolor de testículos insoportable. Es ridículo. No me podía imaginar que pudiesen doler tanto dos cositas tan diminutas, nacidas para el placer. No, no me digas nada. Luego hablaremos. Hace una hora que me he despertado con un dolor agudísimo en los genitales. Casi no puedo respirar.

Me alarmó la palidez de Diógenes y la serenidad con que me hablaba, pero lo que me hizo pensar que estaba seriamente enfermo fue que dijera «mis genitales» a algo a lo que siempre se había referido llamándole llanamente «los huevos». Luego siguió explicándome:

–El médico con el que he hablado me ha sugerido que lo que yo tengo es un recalentón, ¡fíjate:

a mi edad! y que me duelen mis genitales porque ayer debí de tener unas relaciones sexuales incompletas que me excitaron sin obtener la gratificación correspondiente. Ha sido inútil que yo lo negara. Está absolutamente seguro de que la causa de mi dolor es ésa y me ha dicho que me ponga calor en el vientre y me tome una aspirina. Por eso te he llamado. Vete inmediatamente a la farmacia de guardia y tráeme ese condenado suspensorio. De una talla normal, porque aunque me duelen no están inflamados. Me los he palpado según las indicaciones del médico y me ha dicho que en su opinión están normales lo que confirma la certeza de su diagnóstico. Yo he insistido en que debía venir a verme, pero se ha negado. Al parecer todas las noches hay miles de personas que sienten como yo estos espantosos dolores. ¡Qué país! ¡Vaya una libertad sexual! Al parecer, si es verdad lo que me ha dicho el médico, millones de españoles andan manoseándose debajo de las bragas y los calzoncillos sin pasar más adelante y luego pasa lo que pasa, que los médicos, hartos de oír relatos telefónicos de testículos enamorados, no cumplen con su deber de visitar a los enfermos que necesitan su ayuda. Al parecer eso es lo frecuente, pero mi caso es distinto. Estoy seguro. No hay al parecer que valga. Esta vez el mal no es de amores. Algo se ha roto dentro de mí y amenaza consecuencias graves. Mi sexto sentido me lo dice. Ya sé que estás pensando que soy un hipocondríaco, pero no es así. No exagero. ¿A ti no te han dolido nunca esas partes? Es horroroso.

No pude negarme. Fui a la farmacia.

Cuando volví, el estado de Diógenes era deplorable. La palidez había aumentado, tenía fiebre y milagrosamente había perdido sus irrefrenables ganas de hablar. Ése, en mi opinión, era el peor de los síntomas.

Tomó la aspirina, se colocó el paño caliente en el vientre y se sujetó bien los doloridos colgajos con la ayuda del famoso suspensorio. Sintió un ligero alivio y se durmió enseguida. Yo me quedé a velar su sueño.

Una semana más tarde, cuando el pobrecito Diógenes estaba moribundo, supimos la verdad de aquellos dolores supuestamente pecaminosos; seis días después, cuando ingresó casi agonizante en las urgencias del hospital, supimos la verdad: tenía una monstruosa peritonitis nacida de una apendicitis no adivinada. No hubo ninguna duda. Las exploraciones clínicas y el litro y medio de pus que brotó de su abdomen cuando se lo abrieron casi en trance de vida o muerte, confirmaron el diagnóstico de un doctor que por fin se tomó en serio los dolores de mi amigo.

Durante seis días los médicos en busca de cuya ayuda acudimos afirmaron seria y rotundamente que Diógenes tenía un cólico nefrítico y sobre tal certeza establecieron el tratamiento que agravó su estado. Sé que miles de pobres enfermos mueren por culpa de diagnósticos equivocados, pero la certeza de pertenecer a un colectivo de víctimas de los errores médicos no reduce el drama personal de cada uno de ellos. Diógenes no tuvo nunca ningún cólico nefrítico como le dijeron. Lo suyo, como él había sospechado, era mucho más grave.

A la mañana siguiente, como el estado de Diógenes iba empeorando por momentos, llamé a su compañía de seguros que por fin se dignó enviarle un médico. Llegó hacia las once. Se notaba que había pasado toda la noche viendo enfermos. Estaba sudado y un tibio olor a medicinas rancias brotaba de su cuerpo. Parecía más enfermo que el pobre Diógenes quien desde su postración le miraba con recelo. Para Diógenes el primer encuentro con el médico era lo más importante. Al verle por primera vez decidía si el tratamiento iba a ser acertado o inútil.

Y allí estábamos los tres como en un escenario. El médico sudado palpando la tripa de Diógenes; Diógenes analizando todos los gestos y movimientos de médico, y yo que miraba a Diógenes intentando adivinar qué estaba pensando sobre el médico que, por fin, con una seguridad que nos inspiró confianza, dijo:

–No hay duda. Es un cólico nefrítico.

Y le recetó, conforme a la razón, un sedante, unos antibióticos y no sé cuantos litros diarios de agua. Luego salió con su triste aire desfallecido dispuesto a enviar a otro ingenuo y crédulo paciente a la tumba.

Cuando nos quedamos solos, Diógenes, más tranquilo, me dijo con la seriedad que precede a las grandes confesiones:

–Te voy a decir la verdad, porque hasta ahora te he mentido siempre, o te he dicho una verdad incompleta que es una forma venial de mentir. Ahora tengo este terrible dolor de testículos que te he contado sí, pero hace más de dos años que estoy gravemente enfermo. No se lo he dicho a nadie porque sé que nadie quiere escuchar dolores ajenos. Durante estos dos años he sufrido mis angustias y dolores en silencio, pero ahora es distinto. A pesar del diagnóstico que acaban de hacerme no estoy tranquilo. Ahora me siento como un mísero ratoncito humano en manos de las juguetonas garras de la muerte.

Yo quise decirle que exageraba, pero me hizo un gesto tan enérgico que me callé.

–No me interrumpas. Sé lo que digo. No sabes

mi triste historia. He intentado todo ese tiempo todos los sistemas oficiales y extraparlamentarios de la medicina para curarme, pero ella y yo hemos fracasado. Yo ya no confío en la ciencia médica, ni en la farmacológica, ni en la psicológica ni en la teológica.

Y añadió seriamente:

–Creo que sólo podré curarme si me río de mí mismo. Y tú tienes que ayudarme.

Acepté su proposición. Mi misión era sencilla. Sólo escucharle, oír el relato de las miserias que le habían conducido a aquel estado miserable. Me ofreció dinero por el trabajo que yo acepté encantado.

Al oír mi asentimiento, como una tormenta tropical, se despertó de nuevo la locuacidad de mi amigo que me arrojó millones de palabras, de ideas, de reflexiones, de gestos, de suspiros que me dejaron empapado.

Yo creo que en aquel mismo momento me empezó a contagiar su locura, una locura que me ha puesto al borde del quirófano, una locura dulce y devoradora como una pasión amorosa de esas que te atrapan, te disecan, te matan.

¡Pero qué les voy a contar que no sepan ustedes!

3

«–Te contaré mi vida de enfermo cronológicamente, desde mis dolencias contemporáneas hasta los problemas que tuve en mi lactancia –comenzó Diógenes el interminable discurso que iba a durar varios meses–; pero ahora tengo que dar un pequeño salto atrás. Más tarde te contaré mi sueño de anoche.

Hace dos años me desperté con un vértigo que casi me tira de la cama. No sé si me desperté y ya despierto me dio el vértigo o si me despertó el vértigo que había tenido dormido. No te impacientes si soy prolijo en algunos detalles. Quizás algún día te puedan ser útiles mis advertencias. Estos pequeños detalles pueden ser muy importantes para conocer la etiología de las enfermedades. Estaba, como te he dicho, descompuesto, sudaba, sentía unas náuseas atroces y la cena de la víspera se me salía viva por la boca. Apenas pude llegar al retrete para volcar mi vomitona. Tenía que apoyarme en las paredes del pasillo para poder andar. Todo el mundo, me parecía, giraba. Te aconsejo que si algún día tienes vértigo procures conservar tu sangre fría y observar y distinguir si es el mundo lo que gira a tu alrededor o eres tú el que das vueltas como si estuvieses siendo absorbido por un remolino. Observa también, en el caso de que sea el mundo el que gira a tu alrededor, que es lo que a mí me ocurría, si ese giro es de derecha a izquierda o de izquierda a derecha, si es un giro completo como el de la Tierra alrededor del Sol o es sólo una caída lateral, algo así como si hubiese un terremoto y el mundo se derrumbase frente a ti como esos edificios que se caen de medio lado como borrachos en los grandes cataclismos.

Bien. Vomité como te digo, volví a la cama como pude y me dormí, pero enseguida me desperté de nuevo con los mismos síntomas. Nuevos vértigos, nuevas náuseas y nuevas idas y venidas hasta el retrete que estaba lejísimos de mi dormitorio. No sé por qué los arquitectos no piensan en nuestros posibles vértigos y ponen las habitaciones y los retretes más cerca los unos de los otros. Los arquitectos son inhumanos. Ya se sabe, los arquitectos se creen que son unos artistas y sólo piensan en su expresión estética que, por cierto, la mayoría de las veces no pasa de la estética de las peluquerías de señora. Pero, bueno, voy a lo mío. Imaginé, como puedes imaginarte, las cosas más terribles, las enfermedades más degradadoras de la dignidad del hombre. Ten en cuenta que ya llevaba varios años enfermo de otras cosas que te contaré más tarde. Me dormí de nuevo y dos horas después me desperté como si no me hubiese pasado nada. Se habían esfumado los síntomas que había tenido. Estaba como nuevo. Pero al día siguiente me volvió a suceder lo mismo. Esta vez me asusté y quise consultar a un médico. Y empezó mi calvario.

Mi médico de cabecera era, lo digo sin ningún deseo de ofender a nadie, un médico de mierda, un señorito que, ¡fíjate! tenía contestador automático. Llamabas lleno de angustia y la voz de una enfermera, también de mierda como su jefe, decía finamente: "Ésta es la consulta del doctor de mierda. El doctor de mierda no está en la consulta. Por favor deje su nombre, su número de teléfono y el número de la póliza del seguro. Le llamaremos inmediatamente." Y tú a esperar que suene el pitido para dejar el mensaje. Dejas los datos que te piden y le cuentas como puedes lo que te ocurre. Luego tienes que esperar a que el médico de mierda acabe de hacer sus necesidades y se digne contestarte. Naturalmente pasan las horas, los días a veces, y el señorito médico no se toma la molestia de interesarse por tu llamada.

Vuelves a llamar y otra vez tienes que esperar al pitido para dejar tu mensaje. Y mientras esperas, mientras él sufre, espero, de su estreñimiento telefónico, tú esperas tumbado en la cama, sintiéndote solo y abandonado en el mundo que, para más burla, gira incansablemente alrededor de tu cabeza.

Es increíble lo de algunos médicos. Tenía razón no sé quién cuando dijo que la Medicina es una rama de la amistad. He conocido cientos de médicos de los que guardo un magnífico recuerdo, pero aquel día del vértigo, para mi desdicha, tuve que llamar a un médico de mierda. Hay tantas especies de médicos como familias de insectos. Los hay buenos y malos, por supuesto; los hay altivos, generosos, pacientes, despectivos, paternales, calvos, resentidos, envidiosos, sanos, enfermos como sus pacientes, contagiados, contagiosos, solteros, casados, viudos y difuminados. Y de mierda como el que me tocó en el seguro para mi desgracia.

Al día siguiente, a tientas, harto de esperar la llamada del olvidadizo, pude llegar a un consultorio privado donde un médico honrado, serio y responsable me dijo algo que yo ya sabía:

–Esos vértigos que usted tiene pueden estar producidos por algo del hígado, por algo del oído o por algo de las vértebras cervicales.

Así de claro y sencillo. Y tuvo la delicadeza de no decirme que también podían ser producidos por un tumor cerebral como yo, por supuesto por mi curiosidad médica y mis anteriores padecientos, también sabía.

Me puse en acción rápidamente porque yo no podía vivir en aquella duda. En tres días sucesivos visité a tres especialistas: a uno del aparato digestivo, a un otorrino y a un traumatólogo que me envió a un especialista de enfermedades vasculares.

El médico del aparato digestivo me miró los ojos, me pidió que le describiese exactamente cómo habían sido los vértigos, me hizo una anamnesis, me tumbó en la cama, me palpó el hígado y me dijo que probablemente yo tenía una hepatitis. Era imprescindible hacerse unos análisis de sangre y de orina.

Salí de la consulta, y a pesar de la seguridad del diagnóstico fui también, por si acaso, a ver al otorrino.

El otorrino, después de la correspondiente anamnesis, de escuchar pacientemente el relato de mis desdichas, de hacerme un análisis audiológico y de mirarme el oído, la nariz y la garganta también fue sincero conmigo y también me dijo la verdad:

–Sus vértigos y sus mareos están producidos probablemente por una enfermedad del oído medio llamada síndrome de Ménière, pero para estar seguros tenemos que hacer algunas exploraciones un poco más profundas.

Salí de la consulta del otorrino destrozado, desencajado, descompuesto, demudado, desquiciado, dislocado, desarticulado y descoyuntado. Así como lo oyes, y no exagero porque para que comprendas mi estado de ánimo he consultado el diccionario de sinónimos que me ha informado de tales palabras que por cierto empiezan todas por de, como desesperado que es lo que yo más sentía.

Tuve fuerzas, sin embargo, para acercarme al traumatólogo y, ¡oh, horror de los horrores!, acude en mi ayuda musa de Shakespeare, díctame, insúflame la capacidad de describir los terrores del alma humana como se la insuflaste al divino William: mis vértigos y mis náuseas y mis vómitos eran producidos casi con certeza por culpa de la degeneración de alguna de mis vértebras cervicales, aunque, añadió también como los otros, eran necesarios análisis y exploraciones más profundas para salir de dudas.

Me encontré de repente con la noticia de que padecía tres monstruosas enfermedades, gravísimas en mi opinión las tres. Iba a quedarme sordo en un plazo de tiempo muy corto, los vértigos iban a crecer en frecuencia e intensidad y posiblemente tendría también unos ruidos insoportables que para más sarcasmo se llaman tinitus, que suena a nombre de perro. Acabaría también de cirrótico incurable y pronto tendría que usar collarín que sólo me mantendría erguida la cabeza sin posibilidad alguna de curación.

No una, ¡padecía tres enfermedades simultáneamente! ¡Una infecciosa, otra degenerativa y otra hereditaria! Tres enfermedades que tenían los mismos síntomas, pero etiologías diferentes. Me sumergí, como puedes imaginarte, en un mar de dudas. Fueron unos días terribles porque yo, en la oscuridad y embotamiento que había producido en mi mente el miedo, aún podía preguntarme:

¿Qué proporción de los vértigos correspondería a cada una de las enfermedades culpables? ¿Eran enfermedades independientes unas de otras o tenían las tres un origen, aún más amenazante, común? ¿Era el hígado la causa de la disfunción del oído como yo había leído algunas veces en las páginas de divulgación médica de las revistas? ¿Era yo una unidad orgánica que había empezado a deteriorarse por varios puntos a la vez? ¿Habría una progresión en la multipatología que padecía? ¿Me convendría ir a Lourdes a pesar de mi escepticismo religioso? Y sobre todo, padecía de las grandes dudas producidas por mi ignorancia: ¿Qué es un hígado? ¿Qué es la hepatitis? ¿Qué quiere decir síndrome? ¿Quién era el tal Ménière? ¿Me quedaría paralítico? ¿Podría seguir trabajando? ¿Qué sería de mí que estaba solo en la vida?

Tú me conoces. Sabes que a pesar de todo, a pesar de mi inclinación al conocimiento y la meditación, soy un hombre de acción. Y aquello era un asunto de vida o muerte. Necesitaba que mis dudas se aclarasen con la mayor urgencia posible. De ello quizá dependía mi supervivencia.

Y entré en acción. Vacié de la nevera todo lo comestible que tuviese grasa animal, tiré a la basura todas las bebidas alcohólicas que había en casa para ayudar con la abstinencia a regenerar mi hígado dañado. Dejé de tomar sal para no acumular líquidos como me había ordenado el otorrino y también dejé de beber leche porque aquel mismo día leí un artículo en un semanario donde decían que la leche puede producir zumbidos de oído. Eso para proteger mi oído. Y para lo de las vértebras me dediqué a estirar el cuello como si quisiera ver mi futuro por encima de un muro. Y también caí en la supersticiosa costumbre de persignarme con frecuencia. Me hacía las tres cruces prescritas heréticamente. La primera en la frente para librarme de los malos ruidos de los oídos; la segunda en la boca para alejarme de cualquier alimento que tuviera toxinas y la tercera en el pecho para que sustentase con firmeza mi cuello herido.

Luego fui a mi biblioteca y puse sobre mi mesa de trabajo los siete volúmenes de la gran enciclopedia médica que había comprado por fascículos para consultar y aclarar todas mis dudas y recibir las malas noticias que por piedad se habían callado los médicos y llevarlas con entereza y dignidad.

Al día siguiente empecé también los infinitos análisis que padecí alegre y valientemente durante más de cuarenta días.

Desde aquel día funesto del vómito he vivido tres años de una ansiedad insoportable, una ansiedad que todavía vive en mí porque cuando me da un pequeño vértigo no sé si es porque he girado rápidamente el cuello y la ateromatosis difusa que padezco en los troncos supraaórticos frenan la normal circulación de la sangre en mi arteria vertebral, si es porque la chuleta que he cenado la víspera tenía demasiada grasa, porque me ha subido la tensión y el colesterol o las transaminasas o porque ha habido un cambio de presión atmosférica y no sé qué líquido linfático que entra y sale por un diminuto cajetín que tengo en el oído medio no drena lo suficiente y se me lesiona el nervio auditivo.

Considera todo esto como una pequeña introducción a los grandes y profundos estudios que seguiremos sobre mis últimas enfermedades. Te adelanto que de los análisis que padecí después de los diagnósticos que te he dicho me llegaron a encontrar dieciséis nuevas enfermedades. Entre los dos quizá podamos descubrir la relación de mi pasado de enfermo con este dolor de testículos que otra vez me está matando.

No sé cómo he podido hablar tanto tiempo porque el dolor asciende ahora por los dos lados del abdomen, por los uréteres arriba y empiezo a sentir una sombra de dolor abdominal. Creo que si mañana no me encuentro mejor habrá que llamar de nuevo a un médico. Pero no al mismo del otro día porque podría contagiarme algo, dado el estado de indefensión inmunológica en que me encuentro y la suciedad del tal curamonas.»

El pobre Diógenes se retorció un poco en la cama, tuvo un reflejo de pavor no mentido en la mirada y me dijo:

«–Por favor, dame un Dolotil o un huevotil o lo que sea para calmarme el dolor. Oye, supongo que lo que tengo no será un cáncer de testículos. Espero que eso no empezará así de golpe como si te hubiese dado una coz una mula, que si hubiese una neoplasia tendría distintos síntomas de los que tengo, ¿no lo crees? Las cosas no empiezan así de improviso como el mazazo ese del que habla César Vallejo o como la visita de los heraldos negros que nos envía cuando menos lo esperamos la muerte, sino que las cosas se van fraguando poco a poco.»

Dejó de hablar y le di el calmante y el antibiótico. Ninguno de los dos sabíamos que aquel tratamiento sólo ocultaba los síntomas que habrían podido delatar la verdadera enfermedad que padecía.

El apéndice ya había estallado y la infección había comenzado a extenderse dentro del peritoneo, pero Diógenes y yo seguíamos convencidos que lo suyo era un vulgar cólico nefrítico como había dicho el médico y que el reposo y la paciencia acabarían por curarle.

La fe ciega suele ser a veces suicida.

4

Diógenes siguió su discurso:

"«–Me entregué pasiva y confiadamente a todas las manipulaciones que por mi bien iban a practicar los analistas en mi cuerpo. Caí en los tentáculos de los radiólogos que gracias a los ayunos, las purgas, los enemas y las papillas de bario pudieron observar mis intestinos. Aún recuerdo el informe que acompañaba a las primeras radiografías. Decía:

«Colecistografía en decúbito, bipedestación y Trendelemburg.» Daba positiva, lo que me tranquilizó un poco.

La radiografía segunda informaba:

«Radiológicamente: colecistitis no calculosa, con disquinesias y ectasias.» Y la última concluía, creo recordar, diciendo:

–«...acentúase la imagen disquinética en todas sus porciones con haustras muy marcadas y cierto grado de reflujo del medio contraste en asas del íleon preterminal.» Y añadía:

«Se ha llenado también el apéndice que es muy largo.»

De toda mi reflexiva lectura del informe de radiólogo sólo comprendí lo de que tenía el apéndice muy largo, sin que, por supuesto, supiese, si eso era bueno, malo o indiferente para mi futuro.

Yo me moría de dudas, quería saber el significado patológico que tendría lo de Trendelemburg, disquinesia, haustras y «cierto grado de reflujo del medio contraste en asas del íleon preterminal».

Este léxico técnico no aparecía en el Diccionario Manual de la Lengua Española, así que me dediqué a investigar en mi enciclopedia médica por fascículos. Pero fue en vano. Cuanto más leía de la anatomía intestinal mayores pavores me entraban. Tenía el hipogastrio en vilo. ¡Qué desconsoladora es la ignorancia! Nos matan de niños a esfuerzos para que aprendamos la lista de todos los reyes de todas las monarquías europeas y, sin embargo, no nos enseñan que es lo de «cierto reflujo del medio contraste en asas del íleon preterminal» que quizá, si algún día nos perdemos en un bosque o en el desierto, puede salvarnos la vida.

Había sobre todo unos malditos análisis que me inquietaban más que los, digamos, verbales. Eran los análisis que sólo indicaban datos numéricos. Mira, ahí en esa mesa tengo algunos. Abre esa carpeta donde dice «Exploraciones hepáticas, primeros síntomas.»

Abrí el cajón y me sorprendí de ver amontonados, en cuidada armonía, grandes sobres con radiografías fechadas, propaganda médica, información sobre medicinas y unos grandes sobres donde Diógenes había escrito: «Hígado», «Síndrome de Ménière», «Vías urinarias», «Estreñimiento», «Varios». Le di la carpeta que me había pedido.

«–Mira –comentó Diógenes–, mira este análisis. Es uno de los innumerables análisis de sangre que me hicieron en aquellas fechas. Fíjate lo que dice:

LDH: 283 U/L
(VN: 230 - 460 U/L)
ALFA HBDH
(VN: 55 - 140 U/L) Monotest clinicals 25°
P.H.I.
(VN: 15 - 75 U/ML) (M. Sigma 25°)

Como con estos informes mágicos no me enteraba de nada, yo miraba y remiraba las radiografías al trasluz y sólo veía unos mondongos blanquecinos, gordos unos, flacos otros, que, sin duda, eran los intestinos, pero tampoco sabía interpretar su significado. Aquellos giros y retorcimientos, algunas manchas extrañas que yo veía o adivinaba en las radiografías me llenaban de turbación y aumentaban mis sospechas de que mi descomposición y próxima putrefacción estaban cercanas.

Mi hepatólogo me cogió cariño al ver mi desesperación y mis temores y quiso, para tranquilizarme, investigar a fondo mi hepatopatía. Después de los análisis de sangre y orina mandó que me hicieran una «proyección posteroanterior del hígado realizada en scanicámara y otra anteroposterior».

Yo al leer lo del scanner empecé a sospechar lo peor. Por allí debía de andar la innombrable, la siniestra enfermedad que todos tememos y cuyo nombre no quiero repetir ahora. Me refiero al cáncer como has podido imaginarte.

Fui al nuevo analizador para que me scanerobservara. Naturalmente me dio los resultados de sus investigaciones cerrados y precintados. Los tuve seis días en mi poder porque mis intentos de ablandar la goma del sobre poniéndolo al vapor fueron vanos. Estaba desesperado imaginando las fatídicas palabras sagradas que contenía aquel sobre y de las que dependía mi vida. Al séptimo día no pude contenerme: rasgué el sobre y que fuera lo que Dios quisiera. Fue un gesto heroico inútil. Mira lo que decía el temible scanicámara:

Tiempo de semiaclaramiento del rosa de Bengala 1-131	15,3
K del rosa de Bengala 1-131	0,0453
Tiempo de semiaclaramiento del radiocoloide AU-198	4,6
K. del radiocoloide AU-198	0,1507
Aclaramiento fraccional	15 %
Aclaramiento comparado	0,30

Te puedes imaginar mis dudas. Yo imaginaba que los números altos eran malos y que los bajos eran buenos. El 0,0453 del «K del rosa de Bengala 1-131» me tranquilizaba porque una cosa de la que sólo se tiene un 0,0453, por mala que sea no puede ser mortal. Eso se cura con una dieta vegetariana, seguro, pensaba. Pero 15,3 del tiempo de semiaclaramiento del rosa de Bengala 1-131 rozaba los límites de lo peligroso. Lo mismo que el 15 % del «aclaramiento fraccional».

Todos esos números y porcentajes me turbaban. Por eso, cuando tuve que ir a hacerme una endoscopia me tranquilicé un poco. Eso del tacto rectal es una observación como Dios manda. Ya no se trataba de porcentajes y números cuyo significado desconocía. Ahora se trataba de mirarme el culo por dentro noblemente, palpármelo. Incluso durante el palpamiento podría comprobar la gravedad de lo encontrado por la expresión del rostro del doctor, porque aunque los médicos se transformen en estatuas inexpresivas cuando te observan y comprueban que algo va mal, un paciente con experiencia como yo sabe adivinar el peligro por ciertos levísimos rictus que se escapan a los médicos aunque pongan expresión de embajadores.

Para observarte bien el recto te colocan en una posición que no sé por qué me pareció que era la perfecta para adorar al gran Esculapio. Hay que arrodillarse, separar las piernas, inclinarte hasta besar el plano de la mesa y colocar la cabeza de manera que puedas ver el rostro del doctor que está absorto allá en tu fin del mundo hurgando en tus intimidades culeras. Yo, en la posición de adorador de Esculapio, estiraba el cuello para ver las manipulaciones del médico en mi rabadilla pero sólo podía ver su bata blanca o un paño blanco que habían colocado sobre mi trasero para dejar al aire solamente el orificio observado. Aquel encubrimiento del cuerpo para dejar el culo limpio y aislado quitaba a la situación cierto aire vicioso y perverso que aquel ofrecimiento pasivo del trasero sugería.

La víspera de la endoscopia yo había cumplido todos los requisitos que se exigían. Ayuno de alimento que produjeran excesiva materia fecal, purga nocturna, lavativa mañanera y un buen lavado de los bajos para no ofender al doctor con suciedades y malos olores. No es por presumir pero yo fui a la rectoscopia con el culo más brillante que la vajilla de plata del Ritz.

Yo sé que hay enfermos indelicados capaces de cualquier grosería. Pocos meses antes, un amigo mío médico me había contado, naturalmente, como es su costumbre, en la mitad de una cena, que aquella misma tarde, al mirarle el recto a una paciente, la muy maleducada le había soltado una descarga intestinal en plena cara, pero no un hermoso obús compacto y duro, sino un líquido amarillento que le dejó perdido. Tuvo que ir a cambiarse, a lavarse los ojos y a desinfectar las lentillas porque la muy puerca había sido incapaz de anunciar el disparo y le había pillado con los ojos abiertos.

Yo fui, como te digo, como deben ir a la visita del médico los enfermos bien educados.

Pasé al piso del doctor y me quedé atónito. Una multitud de dolientes dispuestos a que les sondeasen el recto invadía los pasillos de la consulta y dos o tres salas de espera. Era una gente feísima. Yo también era espantoso. Lo comprobé en el espejo que había frente al sillón donde esperé mi turno pacientemente durante dos horas. Había de todo en aquel zoológico de pacientes, pero curiosamente dominaban las mujeres gordas y los hombres flacos. No sé por qué las mujeres cuando están enfermas se ponen grasientas y fofas y los hombres desmejoran hasta tomar ese aire de bacalaos salados que tanto respeto inspiran a quienes les quieren, temen y contemplan.

Todos parecíamos avergonzados. Hay consultas joviales en las que no se imagina uno que la muerte esté espiando a los pacientes oculta detrás de las cortinas, consultas luminosas con visillos que se agitan suavemente al viento en las que corretean niños y que están llenas de revistas del corazón. Pero aquélla no era así. Allí todos teníamos cara de asustados y, me imagino, culos de lo mismo.

Había algunas presuntas pacientes cuyos traseros desbordaban los límites de la silla en que estaban sentadas. Ésas eran cómicas. No parecían enfermas. Los patéticos eran los demacrados, los que disimulaban sus desconsuelos, los que seguramente habían ido allí a confirmar los diagnósticos terribles que ya les habían hecho los números indiferentes de los análisis. Pobre enfermos, ¡qué feos somos! Comprendo que los sanos huyan de nuestro lado, que sólo se acerquen a nosotros para contemplar nuestra agonía y contarla luego a los amigos. La salud no siente piedad ni compasión por la enfermedad.

Pero de eso, como de tantas otras cosas que

aprendí en mi largo calvario te seguiré hablando más adelante.

Llegó por fin mi turno, me coloqué en la posición de adorador de Esculapio que te he descrito antes y por fin apareció el doctor. Era joven y parecía malhumorado. No me sorprendió su mal carácter.

Dedicarse, aunque sea con fines humanitarios, a meterle el dedo en el culo al prójimo y palpar divertículos, pólipos y otras protuberancias no debe ser nada placentero, a no ser que te empuje a tal oficio cierta inclinación morbosa.

La enfermera ya me había colocado para que el doctor no perdiera el tiempo. Se colocó unos guantes de goma y hurgó después de lubricarlo en aquel sagrado paraje de mi cuerpo que nunca nadie hasta entonces había hollado.

Y llegó mi decepción. El joven doctor dejó de explorarme con su dedito engomado, sus luces y sus tubos y airadamente ordenó a la enfermera –ni siquiera se dirigió a mí– que me informase detalladamente de lo que tenía que hacer para ir a su consulta con el culo reluciente exigido y que yo creía haber llevado. Fue inútil que yo explicara que había cumplido rigurosamente las órdenes recibidas. Ni me escuchó, pero le perdono porque le comprendo.

Mi trasero no era el centro del mundo. Cientos de culos ansiosos por ser diagnosticados esperaban en las salitas y en los pasillos. Tuve que volverme a casa, aumentar las dosis de ayunos, purgas y lavativas y volver a la semana siguiente con el recto más limpio todavía, con el recto como debía de tener Adán antes de atreverse a la primera comida.

Con todas aquellas idas y venidas habían pasado varias semanas y yo no sabía todavía si aquellos vértigos y mareos que seguía sufriendo a pesar de la dieta y el reposo eran producidos por una dolencia hepática o no. Y aún quedaban las exploraciones otológicas y las vasculares.

¿Comprendes los terribles días que pasé antes de que me sacaran de dudas, de las que por cierto no me han sacado todavía?"

Yo le dije que sí, que le comprendía.

5

Al día siguiente Diógenes tuvo un vómito repentino que me dejó muy preocupado. No fue un vómito trabajado, ganado pacientemente tras grandes esfuerzos, ni uno de aquellos vómitos con vértigos y zumbidos de oídos que me había descrito cuando me hablaba de sus antiguas enfermedades. Éste fue un vómito limpio que brotó de improviso como cuando en las exploraciones petrolíferas se perfora una bolsa y brota un chorro y que a Diógenes sólo le duró unos segundos. Después de aquel inesperado vómito, Diógenes se tranquilizó un poco, pero otros síntomas me iban alarmando cada vez más. A pesar de los antibióticos la fiebre persistía, los dolores abdominales iban aumentando y el vientre poco a poco se le iba hinchando y endureciendo.

Le llevé a una clínica de las llamadas privadas que era donde atendían las urgencias de la prestigiosa Mutua Médica a la que pertenecía Diógenes. Y se repitió el rito. Nuevos palpamientos, nuevo desdén del médico, un tipejo joven, raquítico, rubio, frío y distante, que nos confirmó desde su omnisciencia médica que lo que tenía Diógenes era un cólico nefrítico, y vuelta a casa con el rabo entre las piernas.

Sin embargo, a pesar de la sabiduría de los tres galenos, o seudogalenos que se habían ocupado de mi pobre amigo, su peritonitis iba devorando los tejidos nobles que se ponían a su alcance.

Los abscesos que iban a ser mortales ya se estaban formando. Diógenes, a pesar de todo, o quizá por la gravedad progresiva de su estado, se hizo más locuaz todavía. Y siguió contándome la historia de sus angustias pasadas sin sospechar que pronto sus antiguos males, hipocondríacos o no, iban a ser borrados por la presencia de los litros de pus asesino que se estaban formando en sus intestinos.

«–Luego –continuó uno de sus interminables monólogos en los que yo no podía atreverme a intervenir– fue lo del otorrino. Un médico excepcional. Un caballero. ¿Has observado que cuanto más cultos e inteligentes son los médicos son también más modestos y más atentos con los enfermos? Dios nos libre de un médico pedante y dogmático. Ése te mata. El otorrino fue sincero de nuevo conmigo y me habló del oscuro futuro que me esperaba. La enfermedad que yo padecía era incurable. Me dijo, sin embargo, que deberíamos tener fe. ¡Era hermoso oírle hablar en plural siempre que se refería a mi humilde persona! Yo sentía que compartía mi angustia.

Sin embargo, a pesar de la fe que sentía por él, le traicioné. Desconfié de su ciencia y seguí mis propias investigaciones por mi cuenta que siempre me conducían a mayores dudas. El problema policíaco que yo intentaba resolver era demasiado complejo para mí. Además, a medida que aumentaban los análisis y exploraciones, aparecían nuevas enfermedades ocultas que aún no se habían manifestado. De unos simples vómitos me encontré, como sabes, con tres enfermedades importantes. De cada una de esas tres y ocultas en sus faldas, salieron otras tres menos graves. Y de cada una de las nuevas recién descubiertas aparecieron otras tres. O sea, que tres por tres y por tres son veintisiete. ¡Llegué a enterarme que padecía veintisiete enfermedades! Y todo por culpa de mi curiosidad. Hubo un médico, uno de los últimos de la cadena de visitados, el que me hizo un Dopler de troncos supraaórticos y que me diagnosticó «ateromatosis difusa en troncos supraaórticos», que, harto de mí, supongo, un día me dijo:

–Sólo hay una manera de que usted se cure.

Deje de visitar médicos. Se lo aconsejo de todo corazón.

No le hice caso. Lo único que consiguió con su consejo es que no volviera a su consulta. Cambié de terapeuta angiológico y vascular que para eso tenía muchos en mi lista del Seguro.

A veces, te lo confieso, me divertía mucho con mis enfermedades. Un enfermo curioso, si es observador, puede aprender mucha psicología. Todo se enriquece desde su situación privilegiada dentro de sí mismo y a su alrededor. Recuerdo que cuando alguien, al ver mi abatimiento y mi desesperación, me preguntaba qué me ocurría yo les decía siempre que me iba a quedar sordo. Casi todos cometían la torpeza de decirme que era ridículo que me preocupase por algo que quizás no me ocurriera. Yo para confirmar mis temores a veces fingía no oír aunque había entendido perfectamente las tonterías que habitualmente solemos decirnos los unos a los otros. Entonces, convencidos de mi desgracia, me dirigían palabras de consuelo. El 80% me decían inevitablemente: «¡Total! ¡Para lo que hay que oír!» Ésa era la frase más frecuente. A veces la completaban con un hermoso discurso sobre la estupidez y falsedad de la comunicación social y personal. Yo les agradecía el consuelo y todos nos quedábamos tan contentos. Otro gran bloque de consoladores de sordos lo forman los que te recuerdan que Goya también era sordo y que a pesar de su desgracia fue un gran artista. Cuando se hablaba de Goya se añadían después algunas consideraciones sobre la sífilis que le causó aquella desgracia.

De la sifilis pasábamos al SIDA y de nuevo, consolados, todos nos quedábamos otra vez contentos. El tercer grupo, ya más reducido, lo forman los que aluden a la sordera de Beethoven en el que ejemplarizan el tesón y la voluntad del enfermo que no se deja derrotar por el infortunio. Beethoven, me decían como si yo no lo supiera, era sordo y músico. Su dolor era ejemplar; debía, pues, aprender de su grandeza.

Luego, ya a alguna distancia, venían las observaciones consoladoras cultas. Al parecer, el padre de Cervantes era o fue sordo. Tan agradable noticia me producía un gran consuelo y yo se lo solía agradecer con grandes muestras de afecto y consideración como en el final de las cartas comerciales.

Otros, más versados en literatura anglosajona, me informaban que Jonathan Swift padeció también un terrible vértigo de Ménière lo que no le impidió ser el genio que fue y que nadie ignora.

Pero quienes más sabían de las perfidias del vértigo eran los que lo padecían. Eran unos grandes eruditos. Por uno de ellos me enteré de que Julio César no padecía epilepsia como se creía hasta hacía muy poco. Recientes estudios, me dijo, habían demostrado, por su sordera y sus súbitos desvanecimientos, confirmados por los historiadores romanos, que su padecimiento era el síndrome de Ménière llamado entonces supongo que de otra manera. Otro padecedor profesional me contó la triste historia de Voltaire. Al parecer los ruidos que tenía en los oídos eran insoportables. ¡Pobrecito! ¡Esa desgracia no la pueden compadecer suficientemente quienes la ignoran porque no la han padecido. El pobre Voltaire tenía tales ruidos que pasaba las noches en su coche de caballos dando vueltas por las calles empedradas de París para ocultar sus pitidos particulares con el estruendo de las llantas del coche y el pateo de los caballos.

De todas formas, el consuelo más sincero y directo me lo dio un día el empleado de una gasolinera que cuando me oyó hablar de mi sordera me dijo sin compadecerse:

–¡Pues no se queje usted por eso! Peor están los que tienen cáncer.

Puso el dedo en la llaga. Millones de veces yo había pensado que quizás padeciese un cáncer. Sé lo triste que es nombrar lo innombrable pero debo hacerlo. No hay un solo enfermo, por ligeros que sean los síntomas que siente, que no haya visto que como un relámpago furtivo cruza por su bóveda craneal la palabra terrorífica, la palabra «cáncer».

Todos los médicos que me habían explorado lo primero que hicieron fue comprobar que no había cáncer. El otorrino, antes de empezar a ocuparse estrictamente de su especialidad, me envió a que me hicieran una exploración neurológica. Cuando leyó el informe del neurólogo me dijo con alegría: «Bueno, al menos sabemos que no hay un tumor.» Lo mismo ocurrió cuando el hepatólogo me dijo: «No te preocupes. No es cáncer».

Un día los zumbidos sc transformaron en latidos. Eso fue el colmo de mi desesperación. Es como tener un grano como un pepino en la punta de la nariz. Era imposible olvidar que estaba enfermo. Si eres sordo tienes el consuelo de olvidarlo cuando estás solo, pero lo de los latidos era angustioso. No sabes lo que es estar oyéndote latir día y noche, sentir cómo tu corazón se agita cuando haces el más ligero movimiento. Aquellos malditos latidos aumentaron mis temores hipocondríacos. Su presencia me empujó a una observación patológica del ritmo de mi corazón. Un día me sorprendí a mí mismo diciendo trescientos ochenta y nueve. ¿Sabes lo que era? Que llevaba contando trescientos ochenta y nueve latidos numerándolos, recitándolos como un demente. De verdad: Me estaba volviendo loco.»

De repente Diógenes palideció y se quedó callado. Estuvo así varios minutos. Adelantó los brazos y los movió en el aire como si estuviera nadando.

Luego, lanzando un gran grito de dolor, cayó al suelo como fulminado por un rayo punitivo de los cielos. Ahora agitaba los brazos rápidamente como si estuviera ahogándose en el océano, respiraba con dificultad, se contorsionaba y lanzaba unos bramidos de dolor dodecafónicos. Estuvo así más de una hora. Parecía un náufrago.

–Dios mío. ¡Ahora la epilepsia! También es epiléptico –pensé aterrado. ¿Y qué hago yo con esta basura?

Luego se quedó un rato en silencio y, por fin, con una voz infantil, como disculpándose por aquel lamentable espectáculo que me acababa de ofrecer, habló con dificultad y con una gran modestia me dijo:

–No creas que exagero. Me muero de dolor.

Yo intentaba consolarle con palabras idiotas.

–Es el cólico –le decía–, ya sabes lo que ha dicho el médico. Un cólico nefrítico es más doloroso que un parto.

–Pues que me hagan la cesárea, que yo no aguanto más.

Casi perdió el sentido. Con dificultad le ayudé a incorporarse y le acosté de nuevo. El ataque había pasado, pero aún, como un pollo adolescente que se sacudiese las alas para espantarse el agua de la lluvia, agitaba los brazos de vez en cuando como si le recorriese el cuerpo un escalofrío.

–¿Te crees que los sobacos duelen en los cólicos nefríticos? –me preguntó en voz baja–. Mira, ahí tengo la enciclopedia médica. Por favor léeme todo lo que dice de estos condenados cólicos que me van a matar.

El pobre Diógenes tenía un aire cadavérico. Ya albergaba, calculo yo, más de las tres cuartas partes del famoso pus que le iban a extraer más tarde.

Yo no miré la enciclopedia médica para salir de la duda de si los sobacos duelen o no en los cólicos nefríticos. Preferí intentar de nuevo que los médicos salvasen la vida de mi amigo, de mi otro yo y le llevé a la consulta de urgencias de la Paz.

Era Nochebuena. Ese glorioso día que recuerda el nacimiento del Señor fue el día en que el pobre Diógenes estuvo a punto de descender a la tumba.

Otro medicucho más –y ya era el cuarto– no se dignó ocuparse seriamente de la enfermedad de aquel moribundo.

Parecía que todos estaban confabulados para

que Diógenes se muriese de cólico nefrítico. Porque si llega a morir estoy seguro de que nadie se habría tomado la molestia de hacerle la autopsia.

Habría muerto oficialmente de cólico nefrítico y se habrían salvado los culpables del homicidio.

6

En la Paz fueron recibidos amablemente y amablemente también fueron atendidos por bellas y jóvenes enfermeras y por jóvenes y orgullosos doctores que desaparecieron con el enfermo por las consultas que estaban al fondo de la recepción donde gimoteaban rebaños de presuntos hospitalizables. Se notaba que nadie tenía ganas de estar en aquel recinto de angustias y dolores. Pero tenían que cumplir sus obligaciones: los enfermos las de soportar sus desdichas de enfermos y los médicos las suyas de curadores sin vacaciones.

Allí aprendieron Diógenes Laercio y Fernando Tercero que no es aconsejable ponerse enfermo en Navidades ni, como les informaron algunos enfermos con mayor experiencia, en el mes de agosto. Las mejores fechas para esas cosas son la primavera y el otoño. Entonces los médicos no están de vacaciones ni las consultas están atendidas por estudiantes que acaban de terminar su carrera, pobres neófitos sin difuntos a sus espaldas.

Pasó un buen rato. Fernando se alegró de la tardanza en la reaparición de Diógenes. «Por fin –pensó– alguien se ocupa seriamente de su caso.» En la espera se dedicó a contemplar a los pobres pacientes que esperaban los resultados de los análisis. Todos tenían un aire ausente. Parecía que estaban en otro mundo sin haber llegado todavía al Otro Mundo, al de las mayúsculas. Al día siguiente, día de Navidad, la recepción de urgencias estaría más poblada todavía. Llegarían los accidentados, los imprudentes del volante o las víctimas inocentes de los imprudentes del volante, los apuñalados, los enfermos de los atracones y las adulteraciones alimentarias de Nochebuena.

Por fin, media hora después, los amables y jóvenes doctores devolvieron vivo al pobre Diógenes, que venía con un papel en la mano.

Era el informe médico de las exploraciones que le habían practicado los jóvenes galenos dicho sea sin ánimo de ofender a Galeno.

El informe médico constaba de dos partes. En la primera, un doctor anónimo que prudentemente había ocultado su nombre firmando con un garabato ilegible había escrito algo incomprensible para quien no fuera egiptólogo. La segunda parte decía: «El enfermo refiere dolor en el hombro derecho, que aumenta a los movimientos. No sudoración, sint. veget. ni dolor precordial. No presenta patología cardíaca. El dolor puede ser osteomuscular.»

No había duda. Lo que tenía Diógenes no era nada. Los dos amigos volvieron a casa avergonzados de molestar a tantos médicos de los que sólo recibían la justa mirada de desdén y un papelito casi anónimo. Fernando empezó a sospechar que todo aquel aparatoso despliegue de quejidos, gritos y sufrimientos de Diógenes era puro teatro. Y se lo dijo mientras volvían a casa.

Diógenes no contestó. Acababan de herir su orgullo. Durante todo el viaje fue mirando por la ventanilla del taxi. Parecía por su expresión desolada, patética que se estaba despidiendo del mundo.

Fernando Tercero respetó su silencio y también permaneció callado. Diógenes, de vez en cuando se retorcía un poco, suspiraba resignadamente, colocaba los brazos en el vientre y contraía el rostro con un gesto heroico de dolor, con la grandeza de los que quieren morir dignamente cuando van a ser ejecutados a pesar de su inocencia.

En casa, Fernando le ayudó a acostarse, le dio los antibióticos y los sedantes y luego le pidió permiso para poder salir aquella noche. Diógenes le concedió el don de la ausencia afirmando levemente con la cabeza, pero cuando Fernando salía le habló con voz desfallecida:

–Llévate la llave por si acaso. Quizá mañana cuando vuelvas, si es que quieres volver –añadió irónicamente–, me encuentres muerto.

Y luego, dejando caer blandamente la cabeza sobre la almohada, con la mirada fija en el cielo donde por su expresión parecía que veía a sus antepasados murmuró patéticamente:

–Quizá sea eso lo mejor para todos.

Fernando salió harto de Diógenes, pero un poco preocupado. A pesar de todo, los jadeos y los aleteos de la tarde no podían ser obra de un histérico. Pero, pensó, el doctor lo ha escrito claramente: el dolor del hombro derecho que aumentaba a los movimientos según refería el enfermo podía ser, como tan atinadamente supuso, osteomuscular. Ni el doctor ni Fernando Tercero sabían entonces que aquellos dolores estaban producidos por una grandiosa neumonía que se añadió a la grandiosa peritonitis para, juntas, aniquilar la vida del pobre Diógenes.

Diógenes, aún vivo, cuando se quedó sólo, se levantó con grandes dificultades de la cama, acercó una grabadora, colocó una cinta de dos horas de duración y empezó a grabar un mensaje patético de despedida y una triste meditación sobre su propia condición de Diógenes, sobre la desdichada existencia en general y sobre la inutilidad de dicha desdichada existencia.

Y dictó con voz agónica:

«Estoy solo y enfermo frente a la nada que por su propia inexistencia ni siquiera saldrá a recibirme si muero esta noche ante la indiferencia del mundo. Ni mi mejor amigo se ha querido quedar a mi lado para consolar mi larga agonía. Mejor, casi es mejor que así sea. ¡Qué más da! Pronto seré sólo materia inerte y no triste materia en movimiento, movimiento dolorido, que soy ahora.

Desde aquí declaro que cuando mañana se encuentre mi cadáver, si alguien se digna venir a visitarte, quiero que sepa que dono mi cadáver a la Facultad de Medicina para que estudien en mis restos los futuros médicos. Lamento dejarles un cuerpo tan herido. Les advierto, pues, que deben entregar mis enfermos despojos a la sección de anatomía patológica. Y que no trasplanten a nadie ninguno de mis órganos porque todos están en malas condiciones. Más que curar acabaría por rematar al pobre y confiado enfermo que los recibiera.

Sé que cuando se hayan llevado mi cadáver todos mis pobres bienes se esparcirán por el viento y serán despreciados. Quizás este mismo discurso de despedida que estoy grabando ahora, algún día caiga en manos de alguien que sorprendido oiga estas reflexiones. A ti, querido amigo desconocido, si me estás escuchando, van dedicadas mis reflexiones. No soy vanidoso. Por eso te digo «Adiós» si ya te has aburrido y has decidido callar mi voz y grabar encima otra cosa que la silencie. Así mi vida habrá quedado sin testimonios.

Pero si has sentido curiosidad por lo que te estoy diciendo, gracias por continuar escuchando. Gracias, simplemente gracias.

Escucha: dicen que en la antigua Grecia los enfermos eran llevados a los caminos y que allí, tendidos, ulcerados, febriles, agonizantes como yo me encuentro ahora esperaban tener la fortuna de que algún caminante que hubiese padecido su misma enfermedad conociese el remedio para curarla. Eso dicen los historiadores, pero yo creo que eso no es cierto. Los enfermos no esperan el tratamiento salvador. Esos desdichados sólo querían el consuelo de la palabra, querían sentirse amados a pesar de sus heridas y sus llagas, querían saber que alguien era todavía capaz de sentir piedad por aquel trozo de materia capaz todavía, aunque probablemente por poco tiempo, de pensar, de padecer, de sufrir la soledad.

Porque nosotros los enfermos estamos solos. Cada enfermo es una isla ignorada y solitaria. ¡Coño! ¡Esto me ha quedado bien!

Soy un ser inútil y despreciable: un enfermo. Y siempre lo he sido. Ahora mismo soy un muestrario de enfermedades. Tengo caspa, he padecido jaquecas espantosas, me he hecho pis en la cama hasta los dieciséis años, tengo un canallesco síndrome de Ménière, veo moscas flotantes, tengo la vista cansada y me han enderezado el tabique nasal. Y eso sólo en la cabeza. Tengo también artritis, un estrechamiento del canal de una de las vértebras por donde conduce la sangre al cerebro la arteria vertebral. Tuve, y quizá la tenga todavía, hepatitis. Tres vértebras lumbares alojan otras tantas hernias discales que me produjeron una ciática de suicidio. Padecí sarna, arritmias y una enfermedad leve que parece una broma: epididimitis. Soy estreñido y tengo juanetes. Todas estas enfermedades sencillas, tolerables y ligeramente pequeñoburguesas se las debo a mi padre. Él me las transmitió con sus condenados genes. Quizá por eso le guardo este rencor difuso por el que ahora quizá si me encuentro con él en el cielo le pida perdón.

Son todas, como digo, pequeñas dolencias de las que nadie muere, porque, no lo olvides, anónimo escuchador, no morimos de enfermedades, morimos de hombres, de nuestra mísera condición de hombres mortales, que ése es nuestro achaque. Tengo la certeza de saberme ya muerto. Pero no creas que tú, joven hermoso y fuerte que me estás escuchando, eres más que yo. Como yo me veo ahora te verás tú también algún día sólo ante tu muerte. Porque todos morimos solos aunque estemos acompañados. Ya lo dijo el poeta: «Vive para ti solo si pudieres pues sólo para ti, si mueres, mueres.»

Aunque cuiden de ti tus hijos, tu esposa, tus padres, los curiosos amigos que no pueden contener su deseo de contemplar tu agonía, los médicos, las enfermeras, los cirujanos, los farmacéuticos, la Seguridad Social en pleno, aunque todos esos estén juntos a ti, no olvides que mueres tan solo como el más pobre mendigo que tirita de frío y agoniza en su pobre chabola de los suburbios de las grandes ciudades, pongo por ejemplo Londres, Moscú, Nueva York o, sin ir más lejos, Logroño.

Habrás notado un pequeño silencio, mi querido amigo. Es que me he quedado perplejo: ¿Por qué habré dicho Logroño? ¿Por qué Logroño y no Murcia, por ejemplo? Estoy seguro de que debe de haber en mi perdida memoria algún recuerdo de muerte relacionado con Logroño. Debe de haber alguna razón para esta extraña elección.

Nada se dice en vano. Todo lo que decimos tiene un significado oculto que casi nunca llegamos a descifrar y mucho menos ahora que mis horas se acaban. ¡Qué gran misterio el de las palabras! ¡Cuántas cosas nos ocultan! Todos tenemos fe en el poder mágico de las palabras, esas pobres cápsulas que creemos contienen alguna verdad. ¡Qué error! Es como las medicinas. ¡Con qué voracidad he devorado miles de cápsulas y pastillas sin saber lo que tomaba ni para qué servía!

Yo he ingerido cientos de fármacos que me atraían por la gracia, por el aire inofensivo de sus nombres: «Caquitin, Mierdilactin. Merceditosa». Así eran de tentadores los nombres de las medicinas que devoraba confiado en sus secretos que jamás seré capaz de descifrar.

Aquí tengo a mano algunas de esas medicinas cuyos prospectos nos informan de su contenido con orgullo. Aquí está ésta que yo tomaba en el desayuno, en las comidas y en las cenas.

Dice así:

«Dicho sustrato –la fracción alfacetoglotárica– es el precursor de metabolitos tan importantes como ácido glutámico, ácido gamma-amino-butírico (y ácido gamma-amino-beto-hidroxibutírico), entre otros:

Y oye esta otra que tiene esta composición:

«Cloro-4 fenosisobutirato de hidroxi-4-N-dimetil-butiramida (cloribribe).»

Y yo me tomaba alegremente todo esto pensando que lo que tomaba era un poquito de algo llamado en diminutivo. ¡Qué gran acto de fe! ¡Qué credulidad en la ciencia farmacológica!

Y me curaba. Hasta ahora me curaba gracias al «Cloro-4-fenosisobutirato de hidroxi-4-N-dimetolbutiamida» o a la fe que tenía en mi inmortalidad. Pero ahora no tengo esa fe. Ahora sé que lo que tengo ahora no se puede curar con medicinas. Esto es el fin. Estoy aquí, yazgo incapaz de moverme, incapaz hasta de arrancarme esta vida de ansiedad y de dolor como sería mi deseo si pudiera arrojarme en una sima profunda donde desaparecería sin dejar el triste rastro de mi cuerpo muerto para que nadie se compadezca de mi cadáver. Por eso, porque estoy cogido en el cepo, quiero que sepas, tú que me escuchas, y quiero que lo cuentes a quien tú quieras relatar mi ejemplaridad, que morí alegre, sin miedo, con una canción en los labios.

Voy a cantar el *Adiós a la Vida*, a pesar de que esta extraña sensación que tengo en el vientre, que parece ya un tambor preñado, me anuncia que estoy a punto de romper aguas. A ver si recuerdo el *Adiós a la Vida*.

Mamá. ¡Cómo te gustaba esta canción! ¿Recuerdas? La oíamos siempre juntos en aquel viejo gramófono de bocina que yo un día rompí por descuido. Tú no te enfadaste conmigo, porque tú nunca te enfadabas conmigo. Siempre me perdonabas. Ni eso siquiera: nunca me perdonaste nada porque nunca pensaste que yo había cometido falta alguna. Tú siempre fuiste para mí amor y sonrisas. Dentro de poco estaremos juntos y cantaremos alguna canción de las que cantáis en el cielo y que aquí en la tierra nunca hemos escuchado. ¿Está papá contigo ahí entre los ángeles? No le digas que voy a ir a veros. Mándale al infierno algunos días, si es posible para siempre, para que pasemos tú y yo juntos la eternidad del paraíso.

Sí, debo de estar moribundo. Si no no me explico que hable de los cielos, de los ángeles, del paraíso, de la eternidad si sé que no hay nada después de la muerte, que tú sólo vives en mi recuerdo, que sólo me espera la oscuridad y el silencio y quizá ni siquiera eso. ¡Qué ingenuos somos! ¡Hemos inventado la nada para aferrarnos a la mísera existencia que le concedemos! ¿Cómo puede tener existencia la inexistencia? ¿Cómo puede existir la nada? ¡Pero me cago en la leche! ¡Estos terribles dolores de las tripas otra vez me han vuelto al mundo!

Mientras Diógenes Laercio grababa su oficio de difuntos, Fernando Tercero, como si se sintiese culpable de haber dejado abandonado a su amigo vivía uno de los sueños punitivos que tanto le intranquilizaban.

Soñaba que estaba dormido en una habitación donde Diógenes yacía moribundo. Una especie de cacareo roñoso, un estertor afónico le despertó en el sueño que estaba soñando. Vio que Diógenes le hacía señas desde la cama para que se acercase.

Fernando Tercero se acercó al lecho del pobre y cacareador moribundo y comprobó aterrado que el agonizante era su propio padre. Le produjo una gran repugnancia ver su rostro demacrado en el que movía con gran esfuerzo su boca como si quisiera decirle algo. Sólo articulaba unos leves ruidos de ultratumba. Fernando acercó su oreja a la boca desdentada del pobre anciano para poder oír lo que le decía y se estremeció de asco al sentir que su padre comenzó a lamerle la oreja dejándosela empapada de saliva. Fernando se apartó con repugnancia porque adivinó que su padre quería chuparle también el lóbulo, chuparle la oreja entera y luego la cara para acabar devorándole todo entero en un acto de canibalismo filicida. El viejo, al ver su desprecio, le gritó:

–Quiero que sepas una cosa. En toda mi vida sólo me he acostado con una mujer. ¡Con tu madre!

Al oír aquella confidencia inesperada, Fernando se llenó de una ira sucia y se abalanzó sobre el cuello del viejo para estrangularle.

–¡Viejo miserable! Ésa es la única mujer que debías haber respetado. ¡Es mi santa madre!

El viejo jadeaba casi sin aliento, pero de improviso, casi en los estertores de la agonía, abrió su boca maloliente de la que brotó una lengua roja, blanda que fue creciendo amenazadoramente y se dirigió hacia los ojos de Fernando que se despertó, como siempre quc tenía aquel tipo de sueños, angustiado, sudoroso, sintiendo palpitar agitadamente su corazón dentro del pecho.

Encendió la luz pensando que inmediatamente oiría los pasos de su madre muerta que vendría a avisarle que se le estaba enfriando la sopa. Pero la madre no vino o se quedó a medio camino porque en aquel momento sonó el teléfono. Escuchó unos jadeos y algunos sonidos que pretendían ser voces, luego jadeos de nuevo, el ruido de un golpe y después el silencio sobre el que se podía oír a lo lejos las voces de un coro cantando un Tedéum.

–¡Dios mío! ¡Es Diógenes!

Cuando Fernando Tercero llegó a casa de

Diógenes le encontró sin sentido. Parecía muerto. A su lado, las cintas del magnetófono giraban lentamente. En otra grabadora sonaba majestuosamente un oficio de difuntos. El pobre seudomuerto ya no podía disimular su miserable estado. Todos los signos de la muerte se habían apoderado de su rostro. Abrió un poco los ojos y dijo dulcemente: «Llévame al hospital. Me estoy muriendo.»

–No empieces con tus locuras –quiso hablar Fernando, pero el moribundo se lo impidió.

–Llévame al hospital. Te lo pido por favor. De verdad me estoy muriendo.

Y Diógenes tenía razón.

Dos meses después, convaleciente de las intervenciones quirúrgicas que sufrió en el plazo de tres días, el cirujano le dio el primer informe clínico de su caso, que decía:

«Desde hace cinco días comienza con dolor en ambos testículos e hipograstrio, posteriormente el dolor fue ascendiendo y situándose en abdomen superior, región torácica y hombro derecho. Actualmente el dolor está localizado en F.I.D. acompañándose en una ocasión por vómitos. No fiebre. Exploración: consciente y orientado, buen estado de hidratación. Coloración pálida de piel y mucosas. Abdomen: dolor selectivo en F.I.D. con maniobras apendiculares positivas y signos de irritación peritoneal. Se palpan masas dolorosas en F.I.D.

»Juicio del diagnóstico: abdomen agudo. TRATAMIENTO (Quirúrgico) se practica incisión media suprainfraumbilical encontrándose pus libre en la cavidad abdominal, secundaria a peritonitis generalizada con un plastrón formado por asas de delgado (yeyunoíleon) colón sigmoideo y ciego, viéndose este último perforado en la base del apéndice cecal (apendicitis gangrenosa). Se practica apendicectomía estándar, sutura cecal en dos planos. Lavado de la cavidad peritoneal».

Diógenes, ya fuera de peligro, al leer el informe sólo dijo:

–Hermoso cólico nefrítico. Voy a enviar este informe a la sociedad protectora de animales para que protejan a los genios que casi me dejan morir con su sabiduría médica.

El pobre Diógenes ignoraba que de nuevo tendría que pasar por el quirófano otras tres veces para ser salvado de las infecciones de su peritoneo, de sus asas de delgado, de sus yeyuproileones, de sus colones sigmoideos y ciegos y demás tuberías intestinales.

7

Cuando Diógenes y yo llegamos a un nuevo hospital, esta vez el Provincial, la sala de recepción de urgencias estaba llena de presuntos pacientes. Atendieron rápidamente al presunto difunto. Se lo llevaron y me dejaron solo. Vi cómo al fondo de la recepción un médico palpaba el vientre de Diógenes con evidente preocupación. Salió y entró varias veces, habló con otros médicos y en esa impaciencia me tuvo media hora. Por fin volvió a mi lado y me explicó la gravedad del estado de Diógenes.

–No tenemos tiempo que perder –me dijo–. Hay que operarle ahora mismo. ¿Pero cómo han tardado tanto tiempo en traerle al hospital? Está gravísimo.

Mientras Diógenes se desnudaba y me daba la ropa para que la custodiase le expliqué al médico que la víspera habíamos estado en la Paz, que le habían visitado cuatro médicos y que todos afirmaron que lo que tenía era un cólico nefrítico, excepto el de la Paz que se acercó todavía menos a la diana y nos dijo que los dolores podían ser osteomusculares. Quise enseñarle el parte médico, pero lo rechazó. Los puñeteros médicos jamás cambian la expresión de su rostro cuando un compadre suyo ha metido la pata en vez del bisturí. Huyen como diablos. No comentan ni escuchan nada porque temen delatar a unos profesionales que teóricamente no cometen errores.

El pobre Diógenes había perdido su heroísmo y su indiferencia ante el riesgo de la muerte. Había oído la conversación y esperaba desnudito su traslado al quirófano. Estaba con los ojos abiertos. Cuando los cerraba parecía que iba a ser enviado a la sala de autopsias.

Cinco horas después volvieron con el pobre y venturoso recién nacido. Se había salvado de la visita al Más Allá de milagro. Le habían extraído el litro y medio de pus que ya saben ustedes, infame líquido mensajero de la muerte que había ido apoderándose de los intestinos de Diógenes como había sospechado bien el muy puñetero. Aún estaba atontado por la anestesia. A mí me pareció que centenares de tubos le entraban por el cuerpo, pero eran sólo unos pocos. Tenía una sonda urinaria que le produciría más tarde la obligada infección hospitalaria, tenía también dos orificios en el abdomen artística y simétricamente abiertos a ambos lados del ombligo con sus sondas respectivas, otra sonda en la nariz y dos catéteres en los brazos por donde introducían al maltratado cuerpo el suero y los antibióticos.

Le condujeron a una habitación donde le esperaba una cama cerca de la ventana. Los dos enfermos que iban a ser sus vecinos le miraron con respeto. Los enfermos saben enseguida cuándo hay que tomar en broma o en serio a un nuevo cliente. Por su expresión comprendí que juzgaban a Diógenes de los segundos. Por respeto guardaron un minuto de silencio e inmediatamente se lanzaron a producir los extraños y constantes alborotos interiores y exteriores que emiten los que sufren.

El cirujano, un hombre corpulento, de ojos azules y aire bondadoso, me explicó más tarde que la peritonitis de Diógenes había sido la más grave que se había operado en el hospital en los últimos ocho años. «Casos así ya sólo llegan a los pueblos», me dijo.

Parecía que de nuevo nos reprochaba nuestra despreocupación. Insistí en explicarle la culpa de los médicos que tan negligentemente se habían portado con Diógenes, pero salió disparado para no oír las culpas de los colegas.

Días después Diógenes sonrió con orgullo cuando le expliqué su récord. Todos los pacientes que han estado moribundos se sienten orgullosos del riesgo que han pasado si salen indemnes de la pelea. Con su vocecita de pajarito me dijo que «¡qué me había estado diciendo él en las vísperas que sufrió con tanta abnegación!»

El orgullo de Diógenes duró, sin embargo, muy poco. Tres días después apareció una intrusa con una peritonitis mucho más grave que la suya. Un caso desastroso. Una pobre mujer que, como Dios manda, había sido enviada desde un pueblo perdido, casi abandonado, de la sierra y a la que le extrajeron, no litro y medio como a Diógenes, sino tres hermosos litros de pus que brotaron como un chorro cuando le abrieron la panza y que empapó al cirujano hasta la ropa interior.

A la pobre peritonítica le llevaron a una habitación frente a la nuestra. Diógenes se sentía humillado por haber perdido su título. Pero su pena duró poco. La pobre anciana murió dos días después y Diógenes se proclamó de nuevo campeón de generador en vida de pus abdominal.

Luego se lo oí explicar miles de veces a las visitas y a los amigos que fingían escucharle pero que no le hacían puñetero caso. Así de frágiles y efímeras son las glorias humanas. Corres el riesgo de morir, bates un récord de purulencia, y total para nada, para que, a lo más, te llamen pesado y te digan que ya te lo han oído decir muchas veces. Entonces comprendí la soledad de los enfermos que me había explicado Diógenes días antes. Bécquer dijo aquello de «¡Dios mío, qué solos se quedan los muertos!» Debió de tener una tuberculosis de nada porque, si no, hubiese atribuido aquella triste soledad también a los enfermos. Quizás hasta una soledad más dolorosa. Un muerto no sabe que está solo. Un enfermo está rodeado de indiferencias vivas.

De todo esto hablamos los dos días más tarde y me dijo:

«–Mira. Nosotros los enfermos, o los que imaginamos estar enfermos tenemos que contar continuamente nuestras penas. Así nos curamos. Pero cuando me di cuenta de que aunque estés a la puerta de la muerte, los demás, olvidando la gravedad de tu caso, sólo piensan en sus pequeños dolores, en sus insignificantes síntomas, me callé. A veces no podía resistir la tentación de hablar y lo hacía siempre con humor para divertir a quienes me escuchaban como quien mendiga la caridad de su atención. Nadie quiere oír desgracias ajenas a no ser que sean muy graves y con defunción incluida. Lo que quieren todos es contar las suyas propias que a los demás nos parecen, como los productos de la competencia, de peor calidad y duración.

Todos, absolutamente todos a los que me acerqué para hablarles de mis enfermedades me callaron con graves gestos y me contaron las suyas.

Llegué a inventar enfermedades que no existían, llegué a presumir de que me habían diagnosticado una «espondimetraartritis infecciosa viral que evolucionaba hacia una caquisiesmia con urcarbetrosis de las cervicales complicada con un acné de la hipófisis». ¡Pues bien!, al oírme, todos relataban que tenían una cuñada o un amigo que en primavera o en otoño sufrían de lo mismo. Y me describían los síntomas con todo detalle y el tratamiento que habían recibido. Naturalmente nunca recordaban el nombre de las medicinas que habían tomado los enfermos. «¿No sería –les decía yo– Escorbinasa?» Y todos, como iluminados súbitamente por los chips de la memoria, me decían que sí, que se habían curado con aquello.

–Ése es nuestro sino –suspiró–. Recuerdo que un día leí que Freud casi murió desangrado en la soledad de un hospital vienés al que acudió para una pequeña operación anterior a las grandes carnicerías maxilares que tuvo que sufrir por su cáncer. Al digno y modesto Freud le dejaron en una habitación con otro enfermo que fue el que avisó a los médicos de la hemorragia de Freud. Y, ¿sabes quién era aquel enfermo? ¡Pues era un enano oligofrénico que salió gritando por los pasillos como lo que era: como un loco.

Le dije que no se preocupara, que eso no podría pasarle a él, porque tenía a su lado a su oligofrénico particular que era yo. Esa promesa la cumplí a medias porque me di cuenta que mi presencia continua no era necesaria. Comprobé que en el Hospital Provincial de la Seguridad Social el cuidado y atención de los enfermos era casi majestuoso.

Los médicos, las enfermeras, incluso la cascarrabias Aurora y los auxiliares eran todos unos santos según comprobé durante el tiempo que duró la hospitalización de Diógenes.

Así que, sin comerlo ni beberlo, digo, me encontré propietario de aquel casi difunto rescatado de las garras de la muerte por milagro, pero a punto de volver a ellas si se complicaban las cosas. Yo no sabía qué hacer ante aquel ser desvalido que se agitaba no sé si por el dolor, por la anestesia o por el traumatismo operatorio sufrido.

Me imaginaba que de un momento a otro la enfermera iba a decirme: «Su amigo ha muerto. Coja su cadáver y lléveselo de aquí rápidamente porque hay cientos de otros enfermos esperando su cama.» ¿Y qué podía hacer yo con un muerto a mis espaldas? Por eso quise compartir la responsabilidad con sus amigos y parientes que llegaron rápidamente como moscas al estercolero.

«–Cuando abrí los ojos –me contó días después Diógenes– os vi a todos mirándome fijamente. Era difícil interpretar vuestras miradas pero tenían una expresión que me daba miedo. Pensé que estabais esperando mi tránsito para contarlo después en la cena que tendríais y en la que, con gran tristeza, alternaríais el mordisco en un buen trozo de carne de buey con la descripción de mis carnes desfallecidas. Pero no es verdad, no pensaba eso. Sentía que me queríais. Sólo eso. No pensaba en nada: ni en la vida, ni en la muerte, ni en la eternidad, ni en Dios. Me encontraba en un estado de modestia primigenia.»

Diógenes se salvó de la muerte, pero no nos salvó a nosotros de su locuacidad. Aunque con cierta dificultad, a los tres días de la operación podía hablarme perfectamente. Soporté un calvario que espero no obligar a nadie a padecerlo por mí ahora cuando me hospitalicen.

Diógenes se hundió en una autocontemplación empalagosa. El mundo había dejado de existir como realidad. El mundo estaba formado solamente por Diógenes, por su pupa, por su maravillosa excepcionalidad. Y lo mismo les pasaba a los veintitantos enfermos que pasaron por la habitación donde Diógenes estuvo los tres meses de su enfermedad.

Empezó diciéndome con aire dramático:

«–Cuando se ha estado cerca de la muerte como yo he estado se ve la vida con toda su riqueza, con toda su profundidad, con todo su verdadero significado. Pienso que merece la pena correr ese riesgo. Te das cuenta de nuestra fragilidad, de la grandeza de esa fragilidad y de la inutilidad de esa grandeza. No sé si me entiendes. Todo se muestra ahora a mis ojos en un estado de pureza y de verdad que yo no percibía antes cuando vivía, no en la plenitud de la salud, que tú sabes bien nunca la he tenido, sino en la vanidad y la ligereza con que la derrochamos. ¿Me comprendes?»

Yo le dije que sí le comprendía, pero Diógenes sonrió ligeramente desde su magnificencia de retornador del Averno dudando que yo fuese capaz de comprender la vida sin haber percibido en mi ser la oscura luz de la tragedia. Yo sonreí sin que lo advirtiera para no ofenderle, pero ahora, próxima quizá también mi muerte, le comprendo. Por eso lo escribo. Pero yo, cuando yazga dentro de poco como él entubado, agujereado, febril, muerto por el miedo y no por muerte verdadera, no pienso dar la lata como este putrefacto de Diógenes me la está dando a mí. Lameré mi soledad como un animalito herido lame sus llagas y si no puedo evitar decirle a alguien mis penas se las diré al blanco papel en el que escribo. Sé que Diógenes dirá que sólo pienso en el dinero y que escribo para vender mis intimidades y mis miserias y que sería más digno mantener tanta suciedad en secreto.

Él ignoraba lo que yo ya presentía: que en breve iba a estar como él. Por eso sonreí de nuevo cuando me dijo:

«–No, no puedes comprender. No puedes comprenderme porque los sanos no pueden ni siquiera intuir la fetidez de las fauces de la muerte. ¡Si vieses como se ha enriquecido ahora, después de mi viaje, la visión de mis enfermedades anteriores, cómo he comprendido ahora que nunca, nunca repito, he sido hipondríaco, el hipondríaco que vosotros imaginabais, sino un enfermo real que iba degradándose resignadamente poco a poco!»

Tuvo suerte. Una nueva desgracia le ayudó a enriquecerse más todavía. Cuatro días después de la primera operación, cuando ya estaban un poco lejanos los antiguos terrores, tuvo que volver al quirófano porque había quedado o había despertado no sé dónde, en el intestino supongo, un absceso.

Se lo llevaron de nuevo y de nuevo lo volvieron a traer cinco horas más tade. Llegó en un estado de *resquiescat in pace* que daba pena. Temí que me iba a quedar sin confidente, pero su fortaleza física, su suerte o la sabiduría del cirujano, lo salvaron de nuevo. Como se salvó de las otras dos intervenciones que volvió a sufrir meses más tarde. El birresucitado acumuló experiencias suficientes para decir banalidades, qué el creía reflexiones profundas, sobre la salud y la enfermedad, la enfermedad y el hombre, el hombre y el médico, el médico y la muerte en sus mil combinaciones. Yo no me atreví a reírme de sus meditaciones pero por dentro sí que lo hacía viendo y oyendo a aquel desecho humano entubado, lleno de sondas por las que brotaban unos líquidos repugnantes, exhausto y esquelético, balbuciendo, y no místicamente, vulgaridades que él creía frases de los Dioses omnisapientes.

Llegué a odiarle. Y no me sentía culpable de mis deseos asesinos. No deseaba su muerte pero me hubiera gustado verle muerto. Le odié como llegué a odiar a los pacientes que yacían en las camas próximas por los que había sentido una sensiblera piedad cuando entré en el hospital por primera vez y les vi flacos y febriles envueltos en los pijamas azul celeste del hospital llamando desde su egoísmo constantemente a las pobres enfermeras para que les ayudasen a hacer pipí, a arreglarles las almohadas, a corregirles el tubo del suero, a pedirles sedantes, a ordenarles que les lavasen el culito porque se les había escapado una caquita inadvertidamente.

A veces entraban en la habitación otros enfermos convalecientes de monstruosas operaciones que con cualquier excusa se abrían el pijama y enseñaban a los neófitos unas cicatrices atroces. También cruzaban como fantasmas delante de la puerta del dormitorio unos enfermos llevando en sus flacos brazos la botella de suero o los frascos donde sin ningún pudor vertían los líquidos que expulsaban por sus fístulas continuamente.

A veces, durante las curas, la habitación se llenaba de un hedor insoportable. Había que abrir las ventanas y entonces empezaban las discusiones entre los enfermos. Unos tenían frío y temían acatarrarse. Ésos eran los que tenían la cama cerca de la ventana como Diógenes. Otros tenían calor y se asfixiaban allá en el fondo del cuarto cerca del retrete. Nunca se ponían de acuerdo.

En vez de hacer caquitas todos a la vez, cada uno tenía ganas de vaciar su vientre a las horas más inoportunas. Uno cagaba a las tres de la mañana por su ano artificial y despertaba a los demás. Cuando volvía el silencio y el aire limpio y habían conseguido dormirse de nuevo, a las cinco de la mañana se le aflojaba el vientre a otro y se repetía la misma escena y la misma inundación de luces por la llegada de las enfermeras y de olores por la salida de las cacas doblemente putrefactas en aquellos cuerpos semidescompuestos. Diez minutos después del nuevo reposo general la paz era interrumpida esta vez por la cagalera del tercero. Y eso los días en que tenían los tres el vientre en orden. Cuando había alguna colitis las noches eran un infierno. Las enfermeras venían y limpiaban traseros, cambiaban las sábanas y toleraban aquellas miasmas con una paciencia que las santificaba. De ellas aprendí a disimular el odio que se iba acumulando en mi corazón hacia aquellos derrotados que por reducir levemente un poco del dolor de sus heridas habrían sido capaces de inundar de mierda el Museo del Prado, cosa, por otra parte, razonable.

Ahora, en estos momentos de espera, sé que dentro de muy poco tiempo estaré yo también con la tripa abierta, sucio y hediondo, cosida la llaga por el hilo de nilón que desgarrará mis músculos abdominales y, como estos puercos, aumentaré con mis olores particulares las fetideces comunes de la habitación. Y sentiré que odiarán el olor de mi mierda como yo odio ahora el suyo, porque, seamos sinceros, sólo se pueden tolerar sin estrangulamiento las mierdas de las personas amadas.

En el caso de que no se excedan, porque todo abuso acaba por irritar hasta al más enamorado.

8

En el hospital ocurrían cosas incomprensibles.

Los madrugones, por ejemplo. A las seis de la mañana las enfermeras irrumpían alborozadas como ángeles del alba en las habitaciones, encendían las luces, despertaban a los pobres enfermos que por fin habían podido dormirse y les ponían el termómetro debajo del sobaco. Fernando Tercero no comprendía aquel sadismo inútil. Las enfermeras, después de cumplida su misión, se iban, pero diez minutos más tarde, cuando los pobres estaban otra vez dormidos, volvían de nuevo para ver la temperatura que anotaban en sus misteriosos y secretos cuadernos: Y se volvían a ir dejando a los enfermos definitivamente desvelados. ¿Por qué se tomaba la temperatura tan temprano? Nadie lo sabía. Eran órdenes de la administración del hospital, quizá del mismísimo Ministro de la Salud Pública.

Fernando Tercero pudo averiguar que era indiferente para el médico y para los enfermos tomarles la temperatura a esa hora o dos horas más tarde: Con paciencia consiguió averiguar la razón que no era científica ni terapéutica. Era simplemente una cuestión de los cambios de turnos de las enfermeras de la noche y las que entraban por la mañana. Era una cuestión administrativa. Por esa simple cuestión cientos de enfermos son despertados inútilmente a las seis de la mañana, hora en que obligatoriamente empezaba la tortura del insomnio forzado de todos los días.

Muchos enfermos mueren de sueño, de fatiga, del cansancio de estar hospitalizados y no tener ni de día ni de noche un minuto de soledad y reposo. Dentro del hospital, al menos del hospital donde estuvo tres meses hospitalizado Diógenes, todo son ruidos, agitación, sobresaltos, fealdad. Y no por culpa de las instalaciones o del personal sanitario cuyo comportamiento profesional roza la santidad, sino por culpa de los pobres pacientes que se padecen masoquísticamente a sí mismos. De ellos y de los amigos y parientes que les visitan. Sobre todo de las visitas.

A pesar de que cada enfermo, según decía el bello prospecto que les entregaban a la entrada, sólo podían recibir dos visitantes al mismo tiempo, los parientes y amigos llegaban en rebaños como una marea que inundase de pronto todas las galerías del hospital.

Fernando Tercero contó un día en la habitación donde yacían los tres enfermos más de veinticuatro visitantes que hablaban incansablemente, gritaban con frecuencia, entraban, salían, comían y se sentaban en las camas de los pacientes a pesar de que estaba prohibido. ¿Cómo se permitía todo aquello? Fernando Tercero no podía comprender tanta falta de autoridad o tanta desidia de los responsables del hospital. Las pobres enfermeras tenían que abrirse paso a codazos cntre aquella multitud de infectadores que llenaban todos los espacios. Las pobres no conseguían hacerse obedecer y cedían. Era increíble.

A veces entraban en las habitaciones, donde yacían juntos moribundos y convalecientes ya con buenos colores en las nalgas, vendedores de estampitas religiosas con gran surtido de santos para todos los gustos y devociones. Entraban también vendedores de lotería que juraban que la mejor medicina era un buen premio gordo y de vez en cuando aparecían también pobres mendigos que iban de cama en cama pidiendo con la mano extendida, más escuálida que la de los desdichados hospitalizados.

Aquella muchedumbre de maleducados hablaba sin cesar, preguntaba estupideces a los enfermos que no tenían aliento para contestar, les babeaban con sus besos al llegar y al salir y con su celo de ayudarles no dejaban tranquilas a las pobres enfermeras que al final de la tarde estaban deshechas de fatiga.

Una noche, Fernando Tercero contempló una escena que le dejó asombrado. Un pobre anciano, después de pasarse toda la tarde gritando de dolor cuando cesaron los efectos de la anestesia, consiguió por fin dormirse. Entonces llegaron los parientes a verlo. Con ellos venía una niña que quería decirle no se sabe qué al abuelo. Cuando vieron que estaba dormido se apenaron tanto de que no viese a su nieta que le despertaron para que el pobre viejo viese que habían sido generosos y habían ido a verle en cuanto supieron que le habían amputado una pierna. El viejo montó en cólera y les mandó a hacer puñetas.

Al día siguiente su hija le recriminó su mal carácter: «Abuelo, está usted siempre de mal humor», le dijo.

–¡Si me lo ponéis vosotros! ¡Dejadme en paz, coño! –gritó desfallecido.

No había paz ni reposo. En cuanto las enfermeras despertaban a todos a las seis de la mañana, empezaban a sonar las radios de todas las mesillas. Aquello se transformaba en una feria.

Cada enfermo ponía su programa favorito al volumen que su estado de ánimo, su sordera o su mejoría le aconsejaban. A media mañana hacían su recorrido por las habitaciones los alquiladores de televisores.

Los enfermos, agónicos o no, se volvían locos por tener un aparato de televisión y alquilaban esos innobles artefactos que ponían a funcionar día y noche con el volumen habitual de los salvajes españoles.

En los tres meses de su hospitalización, Diógenes comprobó que solamente una paciente tuvo la delicadeza de colocar a su receptor unos auriculares para no molestar a los vecinos. La madre de Emma.

Los enfermos empeoraban en las horas de visita. Se les abrillantaba la mirada, se revolvían inquietos y febriles en la cama pero su empeoramiento no era advertido por el inmenso amor de sus amigos y parientes. Rara vez había silencio en el hospital. El gran drama es que a partir de las seis de la mañana, cuando innecesariamente son despertados por las termometradoras, el enfermo carece de reposo. Algo incómodo le mantiene siempre despierto: una inyección en su propio brazo o en el del vecino, un catéter que deja de funcionar, una visita inesperada, un paciente que grita pidiendo auxilio o una cagalera súbita y maloliente de un culo rebelde.

Y así durante meses.

A las cinco de la tarde, como si empezase la corrida, miles de contempladores de agonizantes invaden los hospitales para pasar unas horas divertidas. Llevan comida a pesar de estar prohibido y a hurtadillas los enfermos se tragan unos bocadillos de escabeche que pondrían fuera de combate a un Hércules en buen estado.

Los enfermos están escuálidos y a veces, las más, tienen un aspecto repugnante, pero el riesgo de muerte que se adivina en sus ojos, el aire patético de sus posturas de postrados les da cierta grandeza, una grandeza que raramente tienen las visitas, salvo las excepciones contabilizadas por las estadísticas. A veces entraban hijas o sobrinas de buenos culos, pero esa clase de visitas eran las menos. Lo más frecuente era horrorizarse ante la aparición simultánea de seis o siete brujas enlutadas y lloriqueantes que se sentaban a los pies de la cama a estornudar como locas y a emular a los pacientes con sus olores. Tenían una enfermiza inclinación a poner en orden las sábanas de sus enfermos. Y unas incontinencias de orina que se agravaban por la triste escena del continuo gotear de la sonda de los orines de los enfermos que les excitaba la vejiga.

Casi todos los enfermos y sus familias, generalmente modestos, eran muy exigentes a la hora de pedir higiene y comodidades que jamás habían tenido en sus casas. El deseo de atenciones de los enfermos y visitantes era insaciable. Siempre andaban pidiendo algo: agua, toallas, pijamas, sobre todo pantalones de pijamas que manchaban constantemente por la flojera de sus vientres, comidas distintas a las que servían en el hospital y que ellos encontraban repugnante a pesar de que era siempre sana, fresca y abundante.

Además, todo lo querían instantáneamente. Si las enfermeras tardaban más de dos segundos en aparecer para atender su llamada les llamaban a gritos si estaban solos. Si estaban acompañados, sus parientes salían airados por los pasillos buscando a aquellas mártires que, para compensar todos los trabajos que soportaban, estoy seguro se alegraban del estado de todos aquellos exigentes ansiosos de atenciones.

Los enfermos eran como niños y tenían caprichos y rabietas de niños. Quizá no fuese de ellos toda la culpa. Ese infantilismo era también consecuencia del tratamiento psicológico que recibían. Los pobres enfermos generalmente ignoran lo que les está ocurriendo excepto que un día sintieron unos dolores agudos en alguna parte de su cuerpo. Pasan meses enteros sin saber exactamente qué tienen, imaginando unas fantásticas enfermedades destructoras de las no menos fantásticas anatomías que imaginan de sus pobres cuerpos sufrientes.

Un día apareció un pobre hombre que se sentó en una silla y estuvo mirando el vacío de sí mismo con aire ausente. Diógenes le preguntó qué le pasaba. El pobre asustado melancólico había caído en el hospital porque tenía que graduarse la vista para renovar el permiso de caza.

–Cuando estaba mirando las letras –dijo– la enfermera se marchó y me dejó solo un rato. Luego volvió con el doctor y siguieron enseñándome las letras a ver si las veía y me preguntó algunas cosas que no recuerdo. Luego me dijeron que me tenía que quedar en el hospital, que no podía irme a mi casa.

El pobre hombre no se atrevió a preguntar por qué ni el médico se lo dijo. Llegó a la habitación, le dieron el pijama azul celeste y se sentó abatido en la silla. Nadie fue a verle. Dormía, comía, paseaba por los pasillos y se sometía pacientemente a una tristeza que le iba devorando el alma. Nunca preguntó nada ni le dijeron nada. Seis días después de su ingreso le hicieron algunos análisis. El pobre hombre se moría de angustia. Una tarde apareció una enfermera que le dijo que podía marcharse cuando quisiera. El pobre hombre se vistió y salió casi sin despedirse. Nunca supo, no lo que tenía, sino lo que sospecharon los médicos que podía haber tenido.

La cama que dejó libre fue ocupada inmediatamente por un viejo labrador simpático y dicharachero al que amputaron una pierna. La tarde del día de la operación se la pasó soñando en voz alta. Gritaba y pedía un cuchillo porque –decía– tenía que descuartizar unos corderos.

Los enfermos, después de las operaciones quirúrgicas, tienen sueños carnales, no en el sentido de carnalidad pecadora, sino de la carnalidad de las carnicerías.

Diógenes soñó durante algún tiempo, después de sus operaciones, con grandes aberturas de las que pugnaban por salir un tropel de vísceras calientes, humeantes y blandas con todos los tonos del rojo, desde el rosa prepucial al barnizado de la sangre cruda, que exhalaban un vaho caliente y que antes de salir al exterior se agitaban lentamente dentro del cuerpo como si estuviesen hirviendo.

Soñó también con todo detalle la escena de una matanza que había presenciado no hacía mucho tiempo. Habían degollado un cochino y estaba colgando por las patas. Un matarife le abrió el abdomen con un gran cuchillo y dejó al aire las entrañas del pobre animal. Las vísceras todavía palpitaban, temblaban y al no tener el dique de los músculos abdominales resbalaban hacia el suelo. Diógenes le contó el sueño a Fernando Tercero que sintió una gran repugnancia por la escena. Diógenes comparó su operación con la matanza del cerdo cuando supo los detalles de su intervención. Le habían abierto desde unos centímetros más arriba del ombligo hasta el mismísimo pubis. Le sacaron todos los intestinos fuera y los pusieron al lado unidos al cuerpo por el cordón umbilical de aquel parto, le limpiaron el peritoneo y la cavidad abdominal después de aspirarle el pus y demás ordinarieces que encontraron en aquella letrina. Después, centímetro a centímetro, le habían limpiado todos los metros de sus intestinos que fueron colocando de nuevo en su lugar habitual. Y por fin le cosieron.

La hipocondría de Diógenes se agravó por aquellos detalles de matadero, por las lesiones sufridas en aquellos órganos palpitantes, vivos, informes, «sin dignidad» como solía decir y declaró solemnemente que habría preferido ser, si hubiese tenido la oportunidad de elegir, una estatua de basalto egipcia antes que hombre hecho de aquellas viscosas materias.

–«No somos ni siquiera barro como dice el *Génesis*. Somos morcillas a remojo. Sólo nos salva la gravedad de los huesos que son los únicos órganos dignos que tenemos. Por eso nos sobreviven algún tiempo.»

Diógenes cada día sentía más asco de sí mismo. Por las sondas que le habían colocado fluían constantemente unos líquidos verdosos seguramente malolientes. De la sonda de la uretra manaba una orina que fue rojiza al principio, verde después y que iba llenando poco a poco la bolsa de plástico que colgaba a un lado de la cama.

De los drenajes del vientre salían también líquidos turbios que no dejaron de brotar durante semanas. Pero sobre todo la que más le asqueaba era la sonda que penetraba por su nariz y llegaba hasta el estómago destrozándole la tráquea y que era la más fecunda de todos aquellos conductos. Goteaba constantemente un líquido repugnante cubierto por una flora verdosa, por una espuma que los enfermos vigilan obsesivamente sin llegar a saber jamás su significado, sin ser capaces de sacar conclusión alguna. A veces se atreven a preguntarle al médico sobre el significado de aquellos líquidos y las explicaciones son, por su superficialidad, tan fantásticas como las interpretaciones de los productores de aquellos líquidos de alcantarilla.

Las visitas suelen mirar también con mucho

interés las secrecciones de sus amigos y parientes, y tratan de consolarles y darles ánimos y les dicen: «Mira, ya te está saliendo menos», o «Mira, ya no es marrón. Ya sale verde» como si salir verde y no marrón fuese el Pentecostés de la llegada del Espíritu de la Carne.

Los pobres enfermos saben que jamás tendrán acceso al significado de aquellos líquidos y de las notas del misterioso cuaderno donde las enfermeras apunta los centilitros de exudaciones repugnantes que han brotado de sus cuerpos semiputrefactos.

Es grotesco cómo las visitas quieren tranquilizar a sus amigos enfermos minimizando sus enfermedades. Esos consoladores frustrados son unos ignorantes que desconocen la psicología de los hospitalizados. El enfermo quiere que se reconozca lo enfermo que está, el peligro de muerte que ha corrido y que quizás está corriendo todavía, la dignidad con que lleva su desdicha y la valentía que ha demostrado en aquellos días terribles en que ha estado a punto de perder la vida.

Hay algo que no puede soportar: que rebajen a algo banal los majestuosos momentos de la historia universal que acaba de protagonizar con una grandeza y una humildad que ni Cristo tuvo en la cruz. El enfermo vive sus días de enfermedad con la sensación de que el mundo se ha detenido estupefacto ante tan memorable acontecimiento.

Nadie debe ofender a un enfermo diciéndole que lo suyo no es nada. Al enfermo hay que repetirle constantemente que se ha salvado, no de milagro, sino por la enorme fortaleza de su cuerpo, por la hercúlea constitución física inimaginable en aquel mísero despojo. Hay que decirle todo eso porque necesita que se halague su narcisismo infantil. Lo contrario, demostrarle que su enfermedad es un hecho banal al alcance de cualquier mediocre constitución, es ofender la maravillosa imagen que se ha construido de sí mismo. Sólo así el enfermo puede salvarse del naufragio y la soledad que padece.

Y si muere, que muera convencido de que él nunca podrá morir, que su muerte es una muerte pasajera como la de Jesús Nuestro Señor que está en los Cielos.

9

Un día, deprimido por la lentitud de su curación, Diógenes decidió suicidarse.

«–Debemos anticiparnos a la muerte –me dijo–, burlarnos de sus asesinas intenciones. Ésa es nuestra única victoria. Es más digno morir por nuestra propia voluntad que ser derrotados por unos seres microscópicos e indignos que te roen sórdidamente las entrañas.»

En el hospital había una especie de epidemia de infecciones en las heridas de los operados. Todos las tenían purulentas. Las enfermeras decían que era «una mala racha». Llamaban mala racha a que en el hospital fuesen incapaces de dominar la voracidad de los millones de virus que infectaban las salas y los pasillos y los quirófanos del hospital en el que los muy puercos, es decir, los virus, se estaban dando unos festines de carne herida apoteósicos. A veces, cuando en el hospital se producía milagrosamente un instante de silencio, muchas veces yo creí oír a los condenados virus el minúsculo fragor de sus masticaciones.

Las pobres enfermeras limpiaban las heridas refregando con Betadine las fauces de aquellas heridas eternas, quitaban la suciedad con gasas esterilizadas, pero todo era inútil: los virus no se rendían. Algunos médicos pensaban que la única solución para cortar aquella epidemia era enviar a los enfermos a sus casas.

Muchos mejoraban gracias a los cuidados postoperatorios, pero días después, de repente, cuando esperaban confiados su rápida curación, volvía la fiebre. Unas fiebres altas, que las enfermeras trataban de controlar frotando aquellos cuerpos esqueléticos con alcohol. Cuando los virus durante algunos días descansaban de las indigestiones de aquellas comilonas y dejaban tranquilos a los enfermos, la fiebre volvía a bajar y renacían en el enfermo de nuevo las esperanzas. Vanas esperanzas. De golpe, la fiebre volvía a subir. A los condenados virus se les había vuelto a abrir el apetito.

Cuando tenía fiebre, Diógenes era más locuaz y más pesimista. Pensaba que iba a morir y fantaseaba una imposible victoria moral y estética sobre la muerte que le esperaba. Para él esa victoria consistía en suicidarse. Yo le explicaba que a pesar de todo la muerte siempre salía victoriosa, que daba lo mismo morir de un tiro voluntario en la boca que por culpa de una infame bacteria casi inorgánica; que la muerte es siempre repugnante aunque mueras heroicamente en el campo de batalla dando tu vida por la patria mientras maldices la desgracia de tener que defenderla, pero no podía convencerle. Su orgullo, «el orgullo de ser nada», como solía decir, podía más que cualquier razonamiento.

La víspera de su ataque de locuacidad de aquel día, un pobre anciano había ingresado en una habitación próxima a la nuestra. Acababa de quedarse viudo y no tenía hijos. Estaba solo.

Los médicos elogiaron el valor con que recibió la terrible noticia y se felicitaron entre ellos por el éxito de la preparación psicológica a que le habían sometido para comunicarle que padecía un cáncer en un ojo y que había que operarle al día siguiente.

Un joven médico de la rama de los optimistas llegó a decir que con aquellas sesiones terapéuticas se podía inocular a los enfermos la alegría y el amor a la vida. Si no, no era razonable que aquel anciano hubiese recibido con tanta resignación y estoicismo la noticia que le dieron.

Aquella misma noche, cuando todos dormían, el viejo se tiró de cabeza por la ventana.

El famoso golpe de los suicidas autoarrojados

desde un quinto piso alarmó a los pacientes insomnes que dieron la voz de alarma. Cuando los enfermeros bajaron al patio encontraron al pobre viejo sin angustias, sin dolores, sin miedo, sin vida. La preparación psicológica de la víspera había producido su efecto.

Diógenes se excitó mucho cuando le contaron la valentía del suicida.

–Es un presocrático –me dijo con alegría–. Ha muerto dignamente, como deben morir los que sólo ya pueden esperar en el futuro una vida indigna.

Comparo al suicida con su padre. Me explicó que su padre estaba todo el día diciendo que iba a suicidarse, pero que nunca se atrevió a hacerlo. Los viejos tabúes religiosos se lo impidieron.

–Un día me dijo –contó Diógenes–: «Estoy tan desesperado que ahora mismo, por morir, sería capaz de dar hasta diez mil pesetas.» ¿Qué te parece? ¡Diez mil pesetas! ¡Con diez mil pesetas ahora mismo no puedes coger ni una gripe! ¡Qué vergüenza! Pero así era mi padre. Yo le hablé seriamente y le ofrecí mi ayuda, no para tirarlo por la ventana sino para que aceptase la responsabilidad de ser su propio ángel liberador, pero fue inútil. No se atrevió a matarse, murió en la cama impúdicamente.

Y añadió:

–En eso yo no he salido a mi padre. Yo moriré una bella muerte como la de Sócrates. No debes olvidar que los suicidios más dignos de la humanidad fueron los hermosos suicidios de los antiguos griegos.

Y continuó:

–El primer problema del suicidio es estético. Creo que es indecoroso abandonar a la contemplación pública una piltrafa de ti mismo, una piltrafa fea, sucia y maloliente, porque los muertos, salvo los que mueren en olor de santidad son, como digo, una piltrafa maloliente. En Mileto, quinientos años antes de Cristo, quien por cierto, como ascendió a los cielos no pudo dejar en la tierra su cuerpo, aunque divino, maloliente –y a eso le llamo yo cuidar la imagen–, en Mileto, repito, hubo en aquellas fechas una epidemia de suicidios entre las jóvenes adolescentes. Nada ni nadie podía atajar aquella manía de las jóvenes de Mileto por suicidarse en la flor de la vida. Y eso era un problema social. En primer lugar era un desperdicio erótico, un derroche, porque es una pena enterrar unos cuerpos jóvenes y esbeltos tan capaces de provocar los dulces placeres del amor a sus amigos. No olvides que yo sólo soy partidario del suicidio cuando la vida deja de ser bella o digna. Los suicidas deben ser solamente viejos y enfermos. No sé si me entiendes, pero me da lo mismo. Yo sé lo que digo. Bueno. Por fin alguien tuvo una idea para frenar aquella epidemia. Los jonios, ya sabes, lo inventaron todo, para todo tenían solución. Así que dispusieron que los cuerpos de las bellas suicidas fuesen expuestos desnudos en el ágora. Naturalmente las jóvenes dejaron de matarse. El cuerpo desnudo de una adolescente muerta colgado de un palo en la vía pública, cubierto de moscas, es algo que el pueblo heleno no podía consentir, ¿comprendes? Amaban demasiado la belleza.

Mientras Diógenes monologaba sobre sus tétricos propósitos, los pobres convecinos de la habitación escuchaban sus palabras y empeoraban. No les gustaban aquellas reflexiones sobre la muerte. Yo les oía toser, darse la vuelta para no oír las peroratas de Diógenes. Se lo advertí, le dije que estaba asustando a aquellos pobres enfermos que aún no habían sacado la última pierna de la sepultura, pero no me hizo caso.

«–Desgraciados –dijo casi gritando– los que temen a la muerte, último y definitivo consuelo de los afligidos. Abrid las orejas, no las sepultéis debajo de la almohada, aprended a morir con dignidad, insensatos pusilánimes.»

Y continuó:

«–Los suicidios más hermosos son los suicidios secretos, los secretos ignorados, los maravillosos suicidios de quienes desaparecen del mundo sin dejar huella de su viaje. Por eso fue hermoso el intento de Empédocles aunque su suicidio fuera un hermoso suicidio frustrado. El pobre Empédocles no pudo conseguir lo que pretendía. Él quería desaparecer del mundo sin dejar restos de su cuerpo corruptible y se arrojó al Etna para que sus conciudadanos no le viesen nunca muerto y acabasen por pensar, tras su futura larga ausencia, que había subido inmortal a los cielos como Cristo. Bueno, como Cristo no, porque en aquellos tiempos Jesucristo todavía no había nacido. Una sandalia suya, sin embargo, fue encontrada días después en la boca del cráter del volcán y delató su muerte mortal, no su ausencia divina.

Yo también, como Empédocles, quiero morir secretamente. Y para eso está el mar. Que te devore el mar, que te extinga el mar, que tu cuerpo fecunde la mar. Pero no la mar domesticada que acaricia las costas. Ese mar para turistas no vale. Ése acaba siempre por devolver los cadáveres a la orilla. Hay que desaparecer en el vientre de la madre mar, en el centro de las aguas de la mar océana, donde no haya testigos de tu ignorada grandeza.

Sí, hay que morir en alta mar. Yo, un día, me embarcaré en un viaje de placer alrededor del mundo y una noche, en medio del inmenso Índico, me arrojaré por la popa con mi ligero equipaje. Durante cientos de años la gente se preguntará extrañada: «¿Qué ha sido de Diógenes? ¿Sabéis algo de Diógenes?» Y todos morirán, pero yo no moriré. Los nietos de quienes se hayan hecho esas preguntas seguirán preguntando: «¿Habéis visto a Diógenes? ¿Ha vuelto al fin Diógenes?»

Le dije que estaba loco, pero no me hizo caso. Le tomé la temperatura. Tenía 39,5°. Por eso decía aquellas locuras.

Y continuó de nuevo:

«–Al principio pensé que lo más cómodo era pegarse un tiro o ahorcarse. Deseché rápidamente la segunda manera de morir por lo de mis vértebras cervicales. Pensé que podría quedarme en una postura que incitase a la risa a quienes me viesen colgado. Pensarían que me había ahorcado por una simple tortícolis al ver mi cuello torcido como si me estuviese encogiendo de hombros. Y eso es ridículo.

»Acepté, pues, la idea del tiro en el paladar. Probé la postura con una carabina del 22 que tengo en casa y me di cuenta de que ese tipo de armas descompone la armonía del cuerpo porque tienes que apretar el gatillo con el dedo gordo del pie. Y compréndelo: uno que tenga un poco de estimación de sí mismo no puede aparecer en una habitación con los sesos esparcidos por las paredes y el dedo gordo del pie metido en el gatillo de una escopeta. Eso también es ridículo, como digo.

»Cambié de arma. Compré una "Remington" de cañón corto que iba perfectamente con mi talla. No necesitaba dispararla con el pie. Como tiene el cañón corto puede dispararse cómodamente con la mano, pero de nuevo interviene la dulce estética para evitar cometer errores. La postura del tiro en la boca con una carabina de cañón corto no es fea en sí, pero tiene un inconveniente: Tu cuerpo muerto parecerá el de un payaso de circo tocando el saxofón. Esa imagen *postmortem*, siento insistir, también es ridícula. La postura de los muertos que tengan espíritu helénico como lo tengo yo y lo tuvo el casi divino Empédocles debe ser digna, bella y no exenta de cierta gravedad.»

Se quedó serio un momento y luego, como un creyente que hubiese perdido la fe, me dijo en voz baja:

«–Pero, dime, ¿existe algún muerto digno?»

En ese mismo momento, en ese instante sublime en que un hombre sensible como Diógenes se enfrentaba al gran vacío del más allá, el vecino de al lado cometió la indelicadeza, involuntaria debemos aclarar, de dejar que por su ano artificial se escapara un viento que enturbió las meditaciones de Diógenes. Un olor repugnante invadió el cuarto. Diógenes no pudo contenerse.

–Yo inundaré la habitación con palabras de muerte –dijo– pero usted la inunda de mierda. Usted huele ya a sepulcro.

Yo abrí la ventana, la habitación se ventiló un poco y Diógenes pudo seguir hablando. Yo sabía que Diógenes estaba muy asustado y que hablando se curaba un poco de la presencia de aquellos fantasmas que le aterrorizaban.

Siguió hablando:

–Luego está el suicidio práctico, el suicidio generoso, el de quien se quita la vida y hace con su muerte un favor a una persona querida. ¿Sabes cómo se suicidó Demócrito?

–No –le respondí.

«–Se suicidó dando una hermosa y sencilla muestra de amor. Lo cuenta Diógenes Laercio, el antiguo, no yo, el verdadero, en su *Vida de los filósofos más ilustres*. Demócrito, cuando decidió dejarse morir tenía ciento dos años. Harto ya de vivir se metió en la cama y se tapó con las sábanas para esperar el tránsito definitivo, pero una hermana suya le recordó que por culpa del luto que tendría que guardar por él, no podría asistir a las fiestas Tesmoforia o algo parecido.

»Demócrito, compadecido, pidió unos panecillos, se calentó con ellos y comió unos trozos para sobrevivir hasta que las fiestas acabasen y su muerte no causase ningún perjuicio a su hermana. Tres días después, acabada la Tesmoforia, Demócrito dejó de comer de nuevo, se volvió a tapar con las sábanas y expiró de sí mismo. ¿Qué te parece? Ésos eran hombres y no los de ahora que tienen unas agonías pedorras impropias de gente bien.»

Se volvió hacia el enfermo de al lado y le gritó:

–Y lo digo por usted, guarro, que otra vez está hediendo, ¡que se va usted todo entero en deyecciones! ¡Coprolítico!

El pobre enfermo empezó a gritar con más fuerza que Diógenes. Se le había abierto la herida. Tocó el timbre desesperadamente hasta que vino la enfermera.

Todas las bolsas donde vertía sus líquidos estaban llenas.

Hubo que cambiarlas antes de curarle. Diógenes miró aquellos vertidos de alcantarilla como él los llamaba y dejó de hablar. Miró al pobre enfermo con una mirada de desprecio y asco que me indignó. Con un gesto severo le recordé señalando sus secreciones que él también estaba supurando ordinarieces malolientes.

–Mira –me dijo– estoy dispuesto a aceptar que todos los hombres son iguales, pero lo que no acepto es que sus mierdas también lo sean. Eso no lo ampara ni nuestra Constitución del 78.

Y dio la vuelta y se hizo el dormido.

10

A los quince días de estar en el hospital todos somos coprofílicos. Es imposible evitarlo. Nadie puede dejar de pensar en sus intestinos, en su ano y en las porquerías que se vierten a través de ellos. Unas veces porque se desea con vehemencia hacer por fin buenas caquitas y otras porque hay que impedirlo como sea.

Eso ocurre, al menos, en la sección de cirugía del aparato digestivo que es donde Diógenes yacía cada vez más flaco y melancólico.

Durante algún tiempo, después de las operaciones, hay que evitar que nada cruce por los intestinos lastimados. La sonda de la nariz va extrayendo constantemente los jugos gástricos para que no pasen del estómago. La alimentación se les da a los pobres pacientes por vena para que no se produzcan masas fecales peligrosas. Poco a poco, si el enfermo mejora, pasará a la dieta blanda, a la semiblanda después y entonces vendrá el interés por las esperadas cacas. Hay riesgo de nuevos abscesos, de obstrucciones intestinales, fístulas eternas y de mil peligros más. Por eso el control es severo.

El médico aparece por la mañana con una alentadora sonrisa en los labios y la pregunta obligada:

–¿Qué tal las ventosidades?

Porque antes de que lleguen las caquitas que indiquen un progreso en la curación, llegan las ventosidades que indican que las tripas van volviendo a las antiguas costumbres, quizá perdidas por culpa de las lesiones sufridas. Es un caos de cacas y estruendos. Y digo estruendos por magnificar aquellos suspiros melancólicos con que el culito de los enfermos anuncia que la cosa marcha bien.

Unos enfermos no deben cagar todavía; otros viven angustiados por cumplir el imperativo categórico terapéutico de cagar como Dios manda. Y temen la mirada severa del doctor si aquel día también siguen estreñidos. Todos tienen el culo en vilo.

El interés del médico por los vientos incita a los pobres pacientes a superarse. En cuanto pueden sueltan unos aires que empiezan a sonar tímidamente, pero que poco a poco, alentados por los aplausos de sus curadores, pasan de la timidez al desenfreno. Los pedos son cada vez más frecuentes y sonoros. Llegan a ser escandalosos.

Diógenes, sobre todo, que siempre se sentía molesto con las visitas que tenían sus convecinos, reservaba los vientos más poderosos y malolientes para las horas de visita.

Las visitas se ruborizaban, sobre todo si eran jóvenes, pero el enfermo visitado disculpaba a su compañero explicando las razones de su desvergonzado comportamiento. Y luego, rubricando su explicación, también él atronaba los espacios si Dios le concedía ese don. Las visitas comprendían la necesidad y algunos abrían tímidamente la ventana para ventilar el ambiente. Yo les veía acercarse a la cama de Diógenes y me temía lo peor.

«–Verás –me decía–, como se animen también estas sanas muchachas a soltar sus sinfonías a pata alzada verás en qué se va a convertir la honorabilidad de este santuario.»

Porque las pedorreras son contagiosas. Son como la risa. En cuanto se pierde el pudor y uno se lanza, aparecen cientos de francotiradores que ocultaban tímidamente sus deseos de gloria, porque es conocido desde la antigüedad lo contentos que se ponen los que lanzan esos pedos esféricos, impecables, que parecen imaginados por Euclides, verdaderos testimonios de la salud física y mental de sus autores.

A veces, cuando Diógenes nos sorprendía con un cornetazo, una de las viejas que visitaban al enfermo vecino solía decir con recogimiento:

–¡Jesús!

La pobre confundía los pedos con los estornudos.

Y pasaban los días.

Diógenes empezó a poder leer los periódicos. Los hojeaba con desgana, pero cuando aparecía alguna noticia que se refería a enfermedades o accidentes se le encendía la mirada. Un día se puso contentísimo porque los intestinos de una mujer fueron succionados por un inodoro de presión al vacío en un extraño incidente a bordo de un barco durante un crucero. La mujer, de unos setenta años, obesa por supuesto, explicó que estaba todavía sentada en el inodoro cuando tiró de la palanca y la fuerza de succión le sacó varios centímetros de intestino. Fue trasladada a un hospital de Vancouver.

El desdichado Diógenes, el hipocondríaco Diógenes iba contagiando progresivamente sus enfermedades reales e imaginarias a Fernando Tercero, que escribió en su diario para la eternidad:

«Un día me desperté sobresaltado en la habitación donde velaba el sueño de Diógenes. Una luz azulada definía las formas de todos los que pasábamos la noche en aquel espacio maloliente, cargado de miserables bacterias asesinas, de alientos fétidos, de descomposiciones intestinales y de putrefacciones que no acababan de cesar a pesar del Betadine y las compresas. Me imaginé que millones de virus de patas vibrátiles, infectos –y eso que yo sabía perfectamente que un virus es una cosa aséptica que destroza códigos nucleicos, que un virus no tiene pus y no huele, que el pus lo somos nosotros– rondaban a mi alrededor y volaban hasta mi piel por la que correteaban como moscas borrachas.

Allí estaban los tres pacientes.

Diógenes, boca arriba porque los sueros y los catéteres y las sondas del abdomen le impedían dormir de lado, respiraba lentamente. En la cabecera de la cama, sujeto en un mástil metálico, estaba el frasco que contenía el líquido de color lechoso que recibía para su alimento a través de las venas del cuello.

Otro de los enfermos dormía destapado y mostraba impúdicamente los testículos desfallecidos, negros y peludos que contrastaban con la blancura del muslo casi cubierto por las vendas que protegían el muñón de la reciente operación. Un tranquilizante que le habían dado había serenado su ansiedad. Ya no gritaba ni decía incoherencias que se referían confusamente a sangre, a cuchillos, a mutilaciones y huesos serrados. Es curioso cómo se degradan los símbolos genitales, tan hermosos y primaverales en la salud, cuando llega el desfallecimiento de la enfermedad.

En las habitaciones próximas, que siempre estaban ofrecidas a la curiosidad de todos los que pasaban por el pasillo, se veían despanzurradas en las camas, febriles y absortas, mujeres con el camisón levantado que dejaban al aire unos glúteos blanquecinos, arrugados, caídos como buscando la serenidad y la paz de la tierra. Lo mismo pasaba con los pechos, algún día erguidos y orgullosos de sus talentos, caídos ahora hacia los sobacos con movimientos de medusa muerta arrojada a la orilla del mar por la marea.

Me causaba gran repugnancia el aspecto físico de todos aquellos pobres enfermos, su degradación, el aire que iban tomando de seres de ultratumba y me acordé de que Julio César un día le dijo a un pobre oficial de su guardia, viejo, lleno de cicatrices y sin esperanzas que le pidió permiso para suicidarse porque no podía seguir viviendo como vivía:

–¡Ah! ¿Pero tú crees que estás vivo?

Me di cuenta de que pronto iba a estar como el oficial romano y empecé a pensar con el escepticismo con que pensaba Diógenes. Me imaginaba tumbado en la cama, objeto de la curiosidad de los amigos que vendrían a visitarme y que tratarían de consolarme todos los días con las mismas frases repetidas. «Hoy estás muy bien. Ya tienes color en las mejillas. ¡Menuda diferencia con el aspecto que tenías ayer! Ayer cuando entré y te vi me asustaste. Parecías un muerto». Los muy puñeteros no recordarían que lo mismo me habían dicho la víspera y que al día siguiente me volverían a decir lo mismo. ¡Pobres visitas! ¡Pobres consoladores frustrados que no saben qué decir y qué hacer con aquel harapo viviente!

El enfermo les está vigilando con mayor interés que el que reciben. Espían las impaciencias de sus amigos, sus miradas furtivas a los relojes, la expresión de asombro cuando ven nuestros miembros cadavéricos.

Las visitas quieren animar a los pacientes y nunca lo consiguen. Todos, absolutamente todos lo que se sientan a los pies de la cama de un desfallecido, en algún momento acaban por decir la frase memorable:

«Es muy importante que tengas voluntad. Lo importante ya está hecho y el peligro ha pasado. Ahora la rapidez de tu curación depende de ti, de tu voluntad, de las ganas de vivir que tengas.»

Algunos traen amigos que han sufrido horrorosas enfermedades y accidentes para que te cuenten cómo les dieron por muertos y cómo ellos mismos se sintieron muertos, pero que por una voluntad de sobrevivir habían conseguido curarse para asombro de parientes, doctores y enfermeras.

Esos salvados de la muerte por su fuerza de voluntad cuentan espantos, porque los que han conseguido escapar de las garras de la muerte exageran los peligros que han corrido.

Recuerdo uno que visitó al pobre Diógenes cuando aún tenía frescas las cuchilladas de la operación y que le explicó con todo detalle el horroroso accidente de tráfico que había sufrido.

–Cuando llegaron donde estaba tumbado sobre un charco de sangre me dieron por muerto...

Así empiezan generalmente el relato de su heroísmo posterior. A todos les dieron por muertos, todos tenían la cara destrozada por los cortes de los cristales del coche, todos sangraban generosamente como los héroes de las guerras patrióticas, todos oyeron claramente cómo el cirujano dijo al verles en la recepción de las urgencias que sólo un milagro podía salvarles.

Y ese milagro sólo se consigue con la voluntad, con el deseo de vivir, con la firme decisión de vencer a la muerte.

Diógenes, que tantas veces oyó aquellas monsergas les miraba y sonreía sin tener fuerzas para agradecer el consuelo de sus generosas palabras, pero no compartía sus ideas.

«–Todos nos dicen –me comentó un día– que con nuestra voluntad podemos acelerar nuestra curación, que nuestra salvación está en la mente. Y eso es mentira. Los enfermos empiezan a tener esa voluntad cuando el cuerpo les dice que ya han empezado a curarse. Ésos son pensamientos idealistas que imaginan que hay un alma flotante volando alrededor del cuerpo diciéndole sabias palabras en los oídos. Pura mentira. Sólo hay materia. Nuestra materia es la que sabiamente, sin pensarlo, manifiesta el proceso de reorganización o desorden que están sufriendo sus no sé qué. ¿Comprendes?»

Yo no pensaba como él, pero tampoco pensaba de distinta manera. Yo hacía verdaderos esfuerzos para no dejarme caer pasivamente en la temida e ignorada enfermedad a que me iba a conducir el espectáculo de la enfermedad de Diógenes y sus alrededores. Pero no sabía cómo se tiene voluntad.

Intentaba tenerla y a veces me sorprendía a mí mismo apretando los dientes, contrayendo los músculos de la cara, mirando al mundo ceñuda, voluntariosamente, o al menos como yo creía que se miraba al mundo ceñuda y voluntariosamente y lo que ocurría era que en vez de la imagen de la voluntad mi rostro contraído reflejaba la expresión de la imagen del estreñimiento.

11

Un día me encontré a Diógenes sentado en la cama soplando globos. Globos amarillos, rojos, azules, verdes, que estaban esparcidos sobre la cama. Soplaba como un desesperado, hasta el desfallecimiento, pero los globos sólo se inflaban un poquito, intentaban elevarse pero volvían a caer lánguidamente con la tristeza y desesperanza con que se les caen sus cosas a los impotentes. Daba risa verle.

Diógenes se avergonzaba de andar soplando globos todo el día, pero era una orden del médico. Su neumonía iba también mejorando y con aquellos soplidos intentaban tonificar no sé si los músculos pectorales o los pulmones. Diógenes estaba en el apogeo del desarrollo de su enfermedad. Poco a poco vendría la decadencia del mal. Las enfermeras no podían ocultar su optimismo a pesar de lo reservadas que son para dar cualquier información sobre el estado de la salud de los enfermos. Eso corresponde a los médicos que, naturalmente, también se callan.

Empezaron a pesarle periódicamente y a veces la doctora dietista venía con una especie de tenacillas con las que pinchaba algunos músculos de los enfermos para ver su vigor o desfallecimiento. Era imprescindible que recuperasen las proteínas perdidas. Y eso era difícil porque no podían ingerir proteínas. Las únicas proteínas que almorzaban y cenaban eran las suyas propias. Porque el hombre es autófago. En caso de necesidad se come a sí mismo y además con exquisitez. Lo primero que se autodevora son los filetes más apetitosos, los más ricos en sabor, grasas y poder alimenticio; luego va comiendo, ya con desgana, sus carnes de segunda y de tercera hasta que llega un día en que si no encuentra otra cosa acaba por comerse el cerebro y los testículos. Sabe el muy puñetero –y esto no lo decide el alma esa que dicen que tenemos, sino la vil materia de que estamos hechos– dónde están la supervivencia de su vida propia y la de la especie.

Yo supe que Diógenes estaba ya listo para ser enviado a casa cuando un día me dijo alegre y sencillamente:

–Hoy me ha puesto cachondo una de las enfermeras, una de esas jovencitas que están haciendo prácticas.

–¿Pero por dónde te ha manoseado?

–No me ha manoseado. Habría sido inútil. Me he puesto cachondo al verla entrar.

Yo, que soy muy fino le pregunté finamente:

–¿Pero has tenido una erección?

–No, no ha habido erección. Se me ha puesto cachondo el corazón y ella lo ha notado y me ha sonreído.

Pero de esto hablaremos más adelante, cuando lleguen por fin las erecciones que serán recibidas con alegría y temor por Diógenes. Con alegría porque esas cosas, ya lo saben ustedes, dan la alegría que dan las flores en el campo, los pajaritos en el cielo y los pitilines tiesos mirando los horizontes. Y con temor porque Diógenes se avergonzaba de las cicatrices de sus terribles rajaduras. Pensaba que ya nunca podría ponerse desnudo delante de nadie.

Diógenes iba, como digo, recuperándose. Su resurrección, como le gustaba decir con presunción, le había hecho comprender «el verdadero valor de las cosas y el verdadero significado de la vida». Decidió que cuando saliera del hospital iba a cambiar de vida. Ya no volvería a ser como había sido. Iba a vivir más sincera, más profunda, más trágicamente. «En su verdadera dimensión.»

Sus ideas iban haciéndose cada día más barrocas y retóricas. El médico me dijo que esas decisiones las toman todos los que han estado gravemente enfermos, pero que pronto, en cuanto salen del hospital, vuelven a ser como eran antes. Yo asentí porque siempre asiento a lo que dicen los médicos, pero me quedé con mis dudas. Los médicos ven la muerte, la muerte ajena, como un hecho cotidiano sin excesiva importancia. Los agonizantes la ven de otra manera.

A mí, por ejemplo, cada día me da más pavor mi futuro. Lo que vi en el hospital, lo que oí a Diógenes y a los otros enfermos, lo que sentí, y siento, en mis entrañas me hace ser objetivo: dentro de poco estaré tan enfermo como lo ha estado Diógenes. El médico me ha dicho que los síntomas de las enfermedades son mas contagiosos que las mismas enfermedades. Yo no sé si eso es verdad, pero sé que Diógenes me va pasando a mí los dolores y la angustias que él va abandonando.

Por eso, cuando sigue con sus aburridos monólogos ajeno al mundo que le rodea, pensando solamente en él y en sus intestinos, yo me río de esa generosidad que miente tener, porque sé que un enfermo no es nunca generoso. Sólo es generoso con su egoísmo.

Alguien ya ha empezado a decirme que soy un hipocondríaco, que he caído en las sucias redes de los rumiadores de dolencias, pero eso no es verdad. Lo que nos angustia a la gente como yo, a eso que se conoce por hipocondríacos no es el temor a la enfermedad y a la muerte, sino la ansiedad que nos produce la duda.

No sabemos qué nos ocurre, por qué nos ocurre lo que no sabemos que nos ocurra y qué ocurrirá cuando se desarrolle dentro de nosotros esto que nos está ocurriendo y no sabemos qué es. Y nos entregamos a una despiadada autoobservación que acaba por transformarse en nuestra única ocupación. Pretendemos establecer relaciones de causa y efecto pero las enfermedades se muestran y se ocultan caprichosamente a los profanos, y me temo que a los médicos también.

Las enfermedades no brotan de improviso. Las enfermedades tienen generalmente un origen lejano. Yo ahora veo que muchos de los confusos síntomas que percibo los tuve también en mi adolescencia y creo recordar que mi madre me habló alguna vez de mis enfermedades de la infancia que fueron el origen de las que, si no las padezco todavía, las voy a padecer dentro de muy poco tiempo.

Y es así, debe ser así. Si fuese de otra manera sería ir contra la naturaleza. De la misma manera que las espinas tienen el mismo derecho a existir que las rosas, los virus no son inferiores en derechos a la existencia que los hombres. Me gustaría saber qué es lo que piensan de nosotros las pobres bacterias aniquiladas por los antibióticos. Quizá para ellas nuestra muerte es su vida, más aún, quizá nuestra aniquilación sea una guerra santa, una guerra ideológica y no una lucha por la supervivencia.

Nuestro orgullo satánico nos hace pensar de otra manera. Porque nosotros establecemos categorías de los seres vivos de acuerdo a la utilidad que nos prestan. A veces he pensado si san Francisco de Asís, que desconocía la existencia de los virus y los bacilos, de haberlos conocido les habría llamado también dulcemente, como a los lobos, «hermano» gonococo o «hermana» espiroqueta. Copérnico arrojó al hombre de lo que él creía que era el centro del mundo, es decir, de él mismo; Darwin le mostró que era una animal, un animal racional; Freud nos destruyó más todavía: nos demostró que apenas existe nada de racional en nosotros, que sólo somos irracionalidad, pura y simple irracionalidad, pero no se atrevió a despreciar totalmente al hombre cuya unidad irracional respetaba. Yo voy más adelante y digo: «No somos hombres. No somos nada. Las grandes preguntas de nuestro orgullo están mal dirigidas. No hay que preguntarse qué somos o quiénes somos. Hay que preguntarse humildemente otra cosa, no sé cuál, pero otra cosa más modesta y más acorde con nuestra mísera materialidad.»

En el campo, a veces, cuando nos amenaza una tormenta, nos transformamos en seres nerviosos, inestables, por no sé qué extrañas luchas de no sé qué iones positivos y negativos. Comprendo que esas cosas nos afecten porque somos naturaleza. Pero cuando veo que las moscas también están nerviosas, que vuelan torpemente, que se agarran a las paredes con desesperación, que se estrellan contra los cristales con más furia que en los días de calma, una ansiedad desesperanzadora me estrangula por saber que no nos diferenciamos de las moscas ni de las arañas que andan entre los libros y se asoman con los ojos abiertos, sudorosas, sin saber qué es lo que les pasa, sin saber que pronto estallará la tormenta y que todos, hombres, moscas, arañas, microbios, bacterias y virus volveremos al sosiego y a las antiguas costumbres.

Esto es, lo digo de todo corazón, sencillamente repugnante.

–¿Dónde están los ángeles, Dios mío? ¿Qué ha sido de los ángeles?

12

Como el presumiblemente inmortal Diógenes Laercio iba mejorando lentamente, y yo, desdichado Fernando Tercero me iba hundiendo en la enfermedad y el pesimismo, dejé de visitarle todos los días. Prefería estar en casa rumiando mis futuros males y leyendo incansablemente libros, artículos, fascículos de temas médicos para ir acumulando unos conocimientos que me ayudasen a combatir los próximos cataclismos que se abatirían sobre mi débil organismo.

Después de las lecturas me dedicaba a controlar mi cuerpo para anotar cualquier signo que mostrase patología. Vigilaba mi cuerpo y sus exudados y excrementos, mi pulso, la tensión arterial, la fiebre, los pequeños dolores que me iban invadiendo poco a poco todo el cuerpo, las manchas de la piel, la sequedad de mis cabellos, las deformaciones de las uñas y el brillo de mi mirada.

Pero donde ponía especial empeño en conocer su lenguaje era en las cacas. Era normal. Acababa de pasar mes y medio en una habitación entre operados del estómago e intestinos y había vivido una hermosa temporada coprofílica. Además las cacas y la orina son los manantiales que brotan del centro de nuestro cuerpo-tierra y yo creía que tendrían mensajes fáciles de ser interpretados.

En el baño, donde antes tiraba de la cadena alegremente sin preocuparme del regalo que dejaba a la comunidad de vecinos, vigilaba ahora el olor, el color, la textura, la abundancia o pequeñez de mis amadas caquitas. Me transformé en un caquitomántico. Quería adivinar en ellas los signos que anunciaran mi futuro. Los días en que no tenía condenadas caquitas eran días de luto para mí, días cargados de angustias y malos presagios cagatorios. Y si las ausencias eran de dos o tres días las angustias eran existenciales.

Todo el mundo, en esos días de ausencia de mis amadas cacas, me parecía tan estreñido como yo: los presupuestos del Estado, mi sueldo, la magnificencia de los cielos, la supuesta armonía del mundo. Pensaba que la flora intestinal se había enfurecido y que, organizada militarmente, ya estaba invadiendo mi cuerpo a través de las grandes vías fluviales de la sangre. Me olía el dorso de las manos para comprobar el grado de envenenamiento que sufría porque había oído decir que los estreñidos huelen.

Pero todos aquellos cuidados eran estériles. Nunca era capaz de sacar ninguna consecuencia de aquellas traidoras ausencias. Me pasaba horas enteras sentado en el retrete leyendo opúsculos de divulgación médica.

A partir de las cuatro de la tarde me tomaba la temperatura cada dos horas. Cuando no tenía fiebre culpaba de su ausencia a posibles errores del termómetro. Cualquier cosa que me mostrase mi buen estado de salud era arrojada de mi reino acusada de traición. Me tomaba la temperatura con dos termómetros y cuando los dos indicaban la misma temperatura pensaba que todos los termómetros de aquella marca tenían un error de fabricación. Me medía el calor con dos termómetros de distinto fabricante, pero cuando éstos también me traicionaban y de mutuo acuerdo trataban de engañarme me convencí de que la temperatura era un dato insignificante para definir la grandiosa patología que ya fermentaba en mi cuerpo herido.

Lo que más me inquietaba, lo que ofendía gravemente mi narcisismo de ser un Ser creado por Dios a su imagen y semejanza, era pensar que la enfermedad que me iba a destruir había sido autogenerada espontáneamente en mis vísceras. Porque yo, por el contagio de la enfermedad de Diógenes, pensaba entonces que sólo se puede uno morir por dolencias del bajo vientre que eran las que más asco me daban por su origen cloacal, por ser asiento de lo más sucio y maloliente que habita entre nosotros cuando aún tenemos vida. Aceptaba que un traumatismo, que un virus, que un veneno incorporado a mi cuerpo desde el exterior pudiera destruirme, pero que fuera yo mismo el culpable de mi destrucción, de mi propia corruptibilidad, me ofendía como obra inmortal que soy según me han dicho toda mi vida. No podía admitir que el alma habitase en la misma morada donde se fraguan aquellas caquitas que, cacas adúlteras y veleidosas, tan fácilmente me traicionaban.

En el hospital vi que a todos les pasaba lo mismo que a mí. Nadie se quiere morir de lo que es: de hombre. Todos atribuían su enfermedad a la adversidad de un encuentro fortuito con un agente de la muerte. Yo también pensaba como ellos y de la misma manera que controlaba lo que excretaba empecé a controlar lo que incorporaba a mi cuerpo para su sustento. Dejé de comer carne.

Pensaba que era indigno matar un animal para devorarlo, pero lo que afirmó mi decisión es que un día leí las enfermedades que puede tener un pollo, animalitos que yo ingenuamente creía que vivían llenos de salud hasta que eran sacrificados por el hombre.

Un pollo puede padecer lo siguiente: «ornitosis, viruela aviar, tifus aviar, cólera, bronquitis infecciosa, psicatosis, coccidiosis, coriza, saculitis aérea y ceucosis que es un cáncer que padecen los pollos». Y estas enfermedades son sólo unas pocas de las que padecen. Su lista sería interminable. ¿Cómo, pues, podemos ingerir, incorporar a nuestro cuerpo, un muslo o una pechuga de pollo? Al ganado le pasa lo mismo. Puede tener rabia, listeriosis, ántrax, erisipela, tétanos, epiteliomas, mastitis, exantema vesicular, estomatitis vesicular, actinomicosis, actinobacilosis, fiebre de ganado, rinotraqueítis bovina infecciosa, hiperqueratosis, ergotismo, escroptotricosis cutánea y así hasta una lista de más de treinta posibles enfermedades infecciosas. Y todas esas porquerías nos las comemos alegremente con ensalada o con patatas fritas.

Desde entonces sólo comí verduras, frutas y legumbres, pero mi sosiego ha sido truncado porque tengo otro opúsculo en el que me indican las enfermedades que pueden padecer los frutos del campo.

Estoy asustado y esos sustos que tengo se acrecientan cada vez que visito a Diógenes que me obliga a oír sus enfermedades para que cumpla mi promesa de escucharle. Yo me callo cuando le oigo, no quiero decirle que yo estoy peor que él, así que en silencio escucho, sonrío cuando adivino que espera una sonrisa mía y así paso las tardes oyendo su voz y sus historias aburridas, los lamentos de los nuevos enfermos que sustituyen en la habitación a los ya curados y las candideces que dicen las visitas para acelerar el paso del tiempo.

Diógenes se empeñó en contarme sus enfermedades de la infancia y desde esas fechas avanzar poco a poco hasta llegar a la gran traca final de su peritonitis contemporánea. Aunque iba mejorando tenía altibajos como suele decirse. Por aquellos días estaba en una fase regresiva. Le había quedado una condenada fístula en el lado derecho, donde tenía la sonda para drenar las supuraciones del peritoneo y no había manera de que se cerrase. Si la enfermedad nos hace infantiles con la ayuda de la imagen majestuosa, lejana, deífica de los doctores, Diógenes física y mecánicamente seguía viviendo en estado fetal. Recibía la vida por los cordones umbilicales de los tubos que le enviaban alimentos y antibióticos por los lugares más insólitos: las muñecas, una de las venas del cuello, la nariz, la uretra. Vivía en indefensión total, dependía en aquel momento de la Gran Madre la Seguridad Social. Si ella le abandonase, si le abandonásemos también nosotros moriría rápidamente como los niños de pecho que a veces nos olvidamos en los bosques. Hasta la mirada estaba impregnada de la inocencia de los niños que no comprenden el mundo fragmentario que se le aparece y desaparece caprichosamente causándoles el terrible desasosiego que tanto les inquietaba.

Quizá por eso, cuando Diógenes quiso contarme sus enfermedades infantiles, me sometí gustosamente a su capricho:

«–Mi primer temor a la enfermedad y a la muerte fue producido por una frase de mi padre. Yo, como todos los niños del mundo, estaba todo el día metiéndome el dedo en las narices para sacarme unos mocos secos que a veces se prolongaban en un hilo verdoso y húmedo de varios centímetros de longitud que me encantaban. Muchos me los comía porque tenían ese sabor a cocina oriental que tienen los mocos. Era una obsesión. Hurgaba y hurgaba en los dos agujeros despegando los moquitos que se me quedaban pegados en los tabiques nasales. Mi padre me reprendía pero yo no me podía privar de aquel placer y no le hacía caso.

Un día me amenazó con males terribles.

–Si sigues así –me dijo– te va a salir un cáncer.

A mí me dejó impresionado su amenaza porque a veces de tanto hurgarme salía un moco seco teñido de sangre. Mi padre ignoraba que yo andaba metiendo y sacando mi dedo por aquel agujero porque imitaba el acto sexual que seguramente había contemplado de niño desde la cuna. Quizá por eso mismo le irritaba tanto a mi padre verme con el dedo metido todo el día en la nariz yendo y viniendo con un frenesí sexual. Él, inconscientemente, sospechaba de mis intenciones amorosas hacia mi madre. Tenía celos.

Más tarde, en la adolescencia, y paso por alto multitud de enfermedades y operaciones que no me dejaron huellas en el alma, padecí una enfermedad cuya etiología no he llegado a conocer a pesar de mis esfuerzos. Llevo más de treinta años intentando aclarar por qué padecí y dejé luego de padecer una enfermedad no grave, pero si antipática. Me refiero al escotoma centelleante que seguramente te es desconocida. Te lo explicaré. El escotoma centelleante es simplemente una jaqueca oftálmica. Una jaqueca que empieza con un punto luminoso que va creciendo en forma de semicírculo vibrátil luminoso hasta que por su crecimiento desaparece por los límites del campo visual. Luego viene el dolor de cabeza, los vómitos, la sensación de angustia que acompaña a estos estados jaquecosos.

Mi madre me llevó a multitud de oftalmólogos que nosotros, desde nuestra pobreza, llamábamos oculistas.

Hubo uno que me tuvo durante tres meses en estado de sonambulismo. Me recetaba Luminal, unos polvos blancos que nos servía el farmacéutico envueltos en unos sobres blancos y que un día, cuando escuchó a mi madre sus desconsuelos por mis sufrimientos, dijo sabiamente que quizá todo aquello se debiera a que yo probablemente era un niño vicioso. No niego que por entonces yo lo era, pero he seguido siéndolo en mi juventud y en mi madurez y el escotoma ha desaparecido.

Otro, más empírico, me ordenó hacer una tabla de frecuencias de alimentos y ataques. Yo anotaba todos los días lo que comía y al lado los días en que tenía escotoma. Estuve así varios meses y por fin constatamos la relación causa efecto que el médico advirtió inmediatamente. Cada vez que tomaba huevos al día siguiente me venían las luces.

Dejé de tomar huevos y dejaron de aparecer aquellas luces siniestras y la jaqueca que venía después. El médico dio sus habituales gritos de triunfo, pero estaba equivocado.

Es verdad que yo tenía escotoma centelleante por culpa de los huevos, pero no por los huevos de gallina, sino por los huevos de mi padre, por sus testículos, por su presencia omnipotente que me tenía sometido y esclavizado en la lucha de nuestra pelea edípica.

Y la lucha sigue porque mi padre me ha perseguido, vivo y muerto, durante toda la vida. Se coló en mis entrañas. Mejor dicho: estuvo siempre en mí desde que su maldito espermatozoide fecundó el óvulo viajero de mamá. Fíjate bien: en realidad cada uno de nosotros somos nuestro padre desarrollado y crecido. Somos su semilla que pervive en nuestro cuerpo: Somos él. ¿No te parece repugnante? Por eso sienten celos de que nuestras madres nos quieran más que a ellos, nuestras madres que, dicho sea sin ánimo de ofender a nadie, las muy casquivanas se entregaron pasivamente a la lascivia de nuestro generador. Éstas son cosas que no se pueden olvidar.

Pasa el tiempo y nos parecemos a nuestros padres. Nunca podemos quitárnoslos de encima. Eso es indigno. Ahí Dios se ha equivocado. Dios, si de verdad nos amara, debería hacernos a su imagen y semejanza como dicen que nos ha hecho, directamente, uno a uno, no a través de nuestro padre que sustituye su Divina Presencia y hace que nazcamos, no a imagen y semejanza de Dios, si no a imagen y semejanza de él, del papá odiado y temido.»

Y todo esto Diógenes me lo contaba cuando yo padecía sus mismos terrores que se acrecentaban con mis visitas al hospital que cada día me eran más penosas.

El hospital parecía una muestra internacional de cicatrices. Cuando paseas por los pasillos los enfermos que arrastran el mástil que mantiene el frasco del suero te saludan cordialmente. Es un falso afecto. A la vuelta siguiente, como ya se sienten presentados por el saludo anterior, se detienen y te preguntan por tu enfermedad. Da lo mismo que digas que eres un paciente o una visita. Lo que quieren es hablar de sí mismos y enseñarte la cicatriz. Se abren enseguida la chaqueta del pijama y te muestran orgullosos unos tajos de matanza porcina. Grandes líneas rojizas descienden desde el esternón hasta las ingles, con hermosísimos afluentes que nacen en la espalda y con delicadas curvas de mansos afluentes cruzan el costado y desembocan en la magnitud de la cicatriz maestra, eje de aquella hidrografía seca de la sangre. Algunos tienen varias cicatrices no unidas en hermosa confraternidad fluvial y operatoria, sino que están distanciadas, repartidas por el abdomen y otras partes del cuerpo. Enseguida te aclaran que ésas son huellas de otras cuencas hidrográficas sin importancia. La gorda, la cuenca del río madre nace en las altas montañas del cuerpo y desemboca en el pubis como si la entrepierna fuera la hermosa delta donde se detuvo el bisturí del cirujano.

Yo más que irme de la visita, huía de aquel infierno que cada día se me hacía más penoso porque sabía que estaba condenado a padecer en él mis antiguas, ignoradas culpas. Y me iba a casa harto de olores putrefactos, de visitas, de la oratoria pedante y exhibicionista de mi amigo.

Poco a poco fui sucumbiendo a mi enfermedad que muchos se atreven a llamar neurosis. Cuando me acostaba colocaba al alcance de mi mano la lista de teléfonos que tendría que llamar en caso de algún ataque de mis propias vísceras. Hice también una hermosa instalación eléctrica con la que podía, simplemente con apretar un botón que estaba al alcance de mi mano, lanzar una llamada de socorro con el alarido de una alarma atronadora que sustituiría al alarido que yo no podría dar por culpa de mi estado agónico.

También poco a poco, como quien se dispone a emprender por fin el último viaje fui deshaciéndome de todos los objetos innecesarios para mi nueva vida. Reduje mis bienes al mínimo y viví como un cartujo. Mi vida consistía en mirar las obras del mundo creado por Dios que seguramente me estaba esperando porque comparte conmigo la admiración que tengo por Tomás

Luis de Vitoria y que a veces, impaciente, debía de preguntar a San Pedro:

–¿Pero no ha venido todavía Fernando Tercero?

Era incomprensible cómo un ateo practicante como yo viviese en constante comunicación con un Dios en el que no creía.

13

Y también me deshice de Diógenes. Estaba harto de él, de su convalecencia, de la fístula de la que manaba constantemente un líquido de color ebúrneo que a veces, inexplicablemente, era pura caca que apestaba. El pobre Diógenes andaba todo el día limpiándose la fístula y protegiéndola con una compresa. Yo le solía decir si llevaba el «Tampax» en el bolso y se enfadaba.

La condenada fístula le duró ocho meses y tuvieron que volver a operarle. Pasó de nuevo al quirófano y se encontraron con una fístula atípica después de rajarle como las dos primeras veces. El pobre Diógenes era desafortunado con sus tripas. Le arreglaron el nuevo descalabro pero se le produjo una obstrucción intestinal que le llevó otra vez al quirófano. También se salvó esta vez, aunque tuvo que pasarse otros dos meses en el hospital hasta que se curó del todo. Pero antes le ocurrió una cosa muy graciosa: la primera fístula se la curaron, pero del postoperatorio le quedó una nueva fístula en el lado contrario.

Diógenes maldecía su destino.

–¡Pero cómo puede ser posible –decía– que haya sufrido dos intervenciones quirúrgicas, que haya estado moribundo varios días, grave varias semanas y hecho una lástima dos meses para que sólo me cambiaran de lugar la fístula!

Se callaba las blasfemias, pero yo se las notaba. Maldecía su destino y sobre todo maldecía a aquellos cinco médicos que por pura pereza, por no haberle hecho un simple análisis, le habían condenado a vivir en aquel estado.

Decidí dejar de verle cuando se negó a aceptar mi ruego de que no me contase más enfermedades ni pasadas, ni presentes ni futuras. Me exigió cumplir el contrato que habíamos firmado con nuestras palabras y me contó lo de su ciática. Lo hizo cuando aún tenía reciente la ira que le había producido el recuerdo de la ligereza de sus casi matadores. Echaba pestes de los médicos y era injusto. Unos médicos casi le mataron, o le dejaron morir, pero otros le habían salvado. Estaban empatados.

Le recordé que durante todo el tiempo que estuvo en el hospital sólo habían muerto la peritonítica recalcitrante y el suicida que murió por propia voluntad, le dije que pensase que de los varios cientos de enfermos que pasaron por la sección de Cirugía del aparato digestivo que tan perfectamente era dirigida por el Dr. Muñiz y su equipo de médicos, todos, absolutamente todos se habían salvado de una muerte segura si no hubiesen sido ingresados en el hospital, pero no conseguí que dejase de criticar a los médicos. Se quejaba sobre todo de que los médicos no le amaban, de que le curaban mecánicamente como curaban a los demás, como si él fuese sólo un enfermo, no una persona.

Y me largó lo de su ciática. No pude evitarlo.

«–Mira –dijo–, después de hacerme las exploraciones radiológicas habituales para ver mi columna vertebral, se decidió que debían hacerme también una nueva exploración llamada mielografía o algo parecido. Me sometí a la tortura y sufrí las lavativas y purgantes habituales. Estuve en la clínica radiológica yendo y viniendo por el vestíbulo para hacer las caquitas necesarias para que mis intestinos quedasen limpios y transparentes como un alma recién llegada a los cielos. Y me hicieron la mielografía que consiste en recibir un puyazo, un jeringazo feroz entre las vértebras para colorearte la médula.

Todo fue perfectamente, menos el posmielofotograma o como se llame. Del jeringazo me quedó un dolor de cabeza impresionante. No podía levantarme porque no sé qué gota del colorante o qué vacío que se había creado en mi líquido cefalorraquítico (perdona que le llame así, pero es que yo ya lo tengo todo disminuido) se me subía a la coronilla como esas gotas pertinaces de los niveles. Si me tumbaba, la gota dejaba de hacer presión en mis meninges, pero si me levantaba me volvía loco. Bien, te cuento todo esto para decirte lo siguiente que es lo importante:

Fui con las radiografías a ver al neurólogo, que las miró, las dejó sobre la mesa y me dijo indignado:

–Este radiólogo es imposible. Siempre hace lo mismo. Marca con un rotulador los lugares donde él cree que están las lesiones y las oculta. Aquí yo no puedo ver nada.

Y luego añadió una frase que me llenó de turbación:

–Además, da lo mismo. Una ciática nunca se puede comprobar en las radiografías.

¿Comprendes mi indignación? Si no servían para nada, ¿por qué me las hicieron? ¿Para qué tantos ayunos, tantas purgas, tantos laxantes, tantos puyazos, tantas jaquecas, tantos gastos para el Estado si se sabía que la información iba a ser inútil? ¡No lo comprendo! ¡Misterios de la ciencia moderna!»

Cuando se tranquilizó un poco le dije que muchas veces nuestra ignorancia nos hace suponer errores donde no los hay. Y le conté que a mí me había pasado algo parecido.

–Escucha –le dije–. El otro día fui a ver a un oculista para que me graduase la vista y se me ocurrió decirle que a veces me dolía la cabeza. Me miró fijamente, y me dijo que era conveniente que antes de graduarme la vista me viese un neurólogo por si se trataba de algo del cerebro. Imagínate el susto que me dio. El neurólogo me dio hora para la semana siguiente. Fui a su consulta y me mandó extender el brazo derecho y que después me tocase la punta de la nariz con el dedo índice. Me ordenó repetir la misma operación con el brazo izquierdo. Lo hice perfectamente y estaba muy orgulloso de mi puntería, pero el alma se me cayó a los pies cuando me dio un volante para que me hiciesen un encefalograma. Aquello me llenó de alarma. Pedí hora y se me concedió el don de poder ser encefalografiado diez días después. Fui en la fecha señalada, me pusieron los pinchitos esos que ponen en la cabeza y grabaron mi minivoltaje. Cinco días después pude ir a recoger ese acordeón con líneas que suben y bajan que te dan. No había ningún informe. Yo me recorrí las líneas aquellas sin saber si había o no había tumor que es lo que estoy seguro estaban buscando aquellos amables doctores. Mi angustia crecía día a día a medida que los días de espera se transformaban en semanas. Pedí hora para me viese el neurólogo. Debía de tener muchos pacientes porque me pudo recibir doce días después. Aparecí en su consulta con los papeles y un pavor más largo y agitado que el gráfico que le llevaba.

Lo miró y me dijo sonriente:

–Está bien. Aquí yo no veo nada patológico.

Volví contentísimo al oftalmólogo. Me graduó por fin la vista y me dijo que tenía que ponerme unas gafas para ver de lejos. No era nada importante, me aclaró, pero era conveniente lo de las gafas. Me ordenó, así como lo oyes, me ordenó que comprase las gafas precisamente en la óptica que había enfrente de su consulta. Yo no le hice caso. Días después un amigo también oftalmólogo me volvió a graduar la vista y me dijo que estaba bien, que no eran necesarias las gafas. ¿Qué pueden hacer los pobres ignorantes como nosotros en estos casos? ¿Por qué me habían tenido angustiado mes y medio? ¿Aquello era un hecho médico, un hecho científico o un hecho económico? Nunca lo sabré.

Diógenes me miró fijamente y me preguntó:

–¿Qué te pasa? A ti te pasa algo.

Yo le dije que no me pasaba nada, pero que posiblemente no podría ir a visitarle en unos cuantos días.

–¿Y por qué no vas a volver a verme?

Yo, que no sé mentir, le di alguna excusa estúpida que no le convenció.

–Bueno –sonrió diabólicamente–. No importa. Ya estoy curado.

–¿Curado? ¿Cómo lo sabes? ¿Quién te lo ha dicho?

–Me lo ha dicho el instinto. Llevo varios días en celo y soy correspondido.

–¿Aquí en el hospital?

–Sí, aquí en el hospital.

Me empezó a latir el corazón como un imbécil de puros celos.

–¿Y quién es la necrofílica capaz de amarte a ti en este estado? ¿Una enfermera? No, seguro que no es una enfermera. Debe ser una enferma desahuciada. Si no, no se explica.

Diógenes se indignó conmigo. Me miró como se mira en estos casos y me dijo:

–Eres un impertinente. Tú no tienes derecho a hablarle así al cadáver de tu mejor amigo.

Y se dio la vuelta. No quiso hacer caso a mis ruegos de que me perdonara.

Y así nos separamos. Así me separé de aquel masoquista que me había transmitido toda su corrupción, que se había curado largándome a mí las enfermedades que él había padecido y lo que es peor todavía, dejándome impotente mientras él andaba correteando detrás de las enfermas y las visitas por los pasillos.

Recuerdo que un día una amiga mía empezó a llorar inexplicablemente. Me sorprendieron sus lloros y le pregunté qué le pasaba.

–Lloro –me dijo– porque acabo de acordarme que nunca me acuerdo de mi abuela.

Lo mismo me pasaba a mí cuando salía del hospital. Iba llorando porque la confesión de Diógenes y su resurrección fálica me habían recordado que hacía meses que yo no me acordaba de mi sexo, porque me di cuenta de que no solamente mi sexualidad me había abandonado, sino, lo que es peor todavía, que yo no había advertido un hecho tan grave.

Esa impotencia del alma, esa amnesia de los instintos confirmaron mis sospechas de que estaba gravísimamente enfermo. Comprendí que estaba cautivo de la dictadura de la muerte, que era un súbdito suyo sumiso y castrado.

Lo que más me urgía era volver pronto de nuevo a aquel hospital, pero no como visitante, sino como paciente. Quizá tuviera la suerte de yacer en la misma cama donde todavía yacía Diógenes, cerca de la ventana desde donde se podía ver el cielo luminoso del atardecer detrás de aquel muro de ladrillos que nos separaba del mundo y en el que las palomas y los gorriones que esperaban todo el día la comida que les arrojaban los enfermos por las ventanas, eran la única prueba de que la vida seguía existiendo.

El hospital estaba lleno de pobres viejas que no querían marcharse, que habían decorado con flores, con tapetes, con fotografías de los seres queridos que se habían olvidado de ellas el pequeño rincón de la habitación donde se iban muriendo poco a poco. Cuando les daban de alta se iban entristecidas pero unos días después volvían de nuevo encantadas y visitaban a sus amigas, las otras enfermas que estaban en el hospital de pensión completa a perpetuidad. Las pobres mujeres vivían solas en sus casas donde eran acosadas día y noche por los terrores de la soledad de los ancianos. Nadie se ocupaba de sus tristezas, de sus dolores y de su desesperanza. En el hospital era distinto. Allí hablaban de sus cosas, de su juventud, de sus llagas y eran felices porque creían que no iban a morir o que si muriesen subirían al cielo todas juntas cogidas de la mano. El hospital es una gran madre que a veces nos abandona y nos deja como niños que no juegan con sus juguetes si su mamá no juega también con ellos a su lado.

Estaba también la magnificencia de papá, casi siempre ausente y que era representado en aquel escenario por los médicos, los doctores, el majestuoso profesor que nos amaba un momento pero que enseguida se iba de nuestro lado dejándonos desamparados.

Los enfermos necesitan el contacto físico de sus cuidadores y sufren cuando se sienten que sólo son una pizca de polvo en el desván hediondo del mundo. Por eso luchan como salvajes por su individualización, por ser alguien, por ser una persona con nombre y apellidos y no el pobre paciente que ocupa una cama numerada en una habitación numerada de un piso numerado. Sufren cuando a través del altavoz dice una voz indiferente: «El 708, al teléfono». Él quiere que digan: «Felipe, ven corriendo al teléfono que te llama tu madre que quiere decirte una cosa muy importante.»

Por eso yo pensaba que los enfermos que habían recorrido la heroica adaptación a la salud de sus dañados intestinos después de pasar por el suero, primero recibido en los brazos, luego en el cuello, después a través de la nariz; que pasaron el test de la dieta semiblanda, la blanda y la taza de manzanilla que se habían tomado sin que les estallase el vientre de nuevo, deberían tomar teta. Teta de las dulces enfermeras que tanto les habían cuidado.

Sería hermoso pasar unos días, los últimos, mamando pausadamente con los ojos cerrados las amantísimas ubres de las enfermeras que en vez de aparecer con la frasca de suero en los brazos, aparecerían desabrochadas, con sus generosas ubres y sus tiernos pezoncitos al aire ofreciendo su calor y su vida a aquellos pobrecitos neonatos con aire de sietemesinos. Y después, de la teta a los potitos. Y después, de los potitos al restaurante de siete estrellas que es lo que los enfermos están deseando.

Porque los enfermos de la Seguridad Social quieren ser alimentados a la carta, quieren escoger los platos a su gusto, quieren comer chorizo de su pueblo con huevos fritos de corral y que además los frían como los fríe su señora.

Es imposible imaginar las exigencias gastronómicas de aquella gente medio muerta de infecciones y ayunos. A todo le hacen ascos. Pobres convalecientes que sólo han comido en su casa tortilla de escabeche. ¡Cómo se irritan cuando ven el menú del día! Con qué desdén miran los purés que les sirven, las merluzas rebozadas acusadas siempre de ser congeladas. Los pobrecitos creen que en vez de estar en un Hospital del Estado están pasando sus agonías en un hotel de la Costa Azul. Son ridículas las exigencias de los pobres. Gente que cuando fueron hospitalizados no se atrevían a desnudarse para no enseñar sus infectos calzoncillos y sus infectos traseros se pasan todo el día reclamando pijamas nuevos cuando se les arruga la pernera. Exigen en los vasos una higiene que ellos no tienen en los dientes ni en las posaderas y piden a gritos que les refrieguen la rabadilla porque la sienten sucia.

Cuando les traen un vaso lo limpian como marquesas con sus pañuelos sin pensar que están rezumando infecciones y que quien debería lamentarse es el pobre vaso que van a acercar a su boca.

Los enfermos de los hospitales protestan de todo, menos de haberse muerto. Eso se lo callan los muy puñeteros, pero en su nombre vociferan sus parientes, los políticos y algunos periodistas, que parecen justicieros al acecho y que en toda defunción hospitalaria sospechan un error médico, una negligencia del equipo quirúrgico o un asesinato realizado por algún doctor sádico.

Nadie piensa que en los hospitales llegan medio muertos un gran porcentaje de inquilinos. Y ese rebaño de desdichados, seleccionados por el Destino para la matanza como se escogen de la piara los cerdos destinados al matadero, creen que tienen el derecho constitucional a ser inmortales. Y lo que tiene su origen en su propia descomposición es atribuido a la incapacidad de los santos médicos que se afanan por reparar santamente un daño que ellos no han cometido.

Y además por poco dinero.

El único delito de los médicos es que no son capaces de curar lo que es incurable, pero los enfermos van con sus esperanzas por delante de la ciencia y piden milagros que todavía están sin descubrir. Por eso es urgente que la Seguridad Social en vez de gastarse los millones que se gasta en mejorar su imagen, como se dice ahora, debería gastárselos en educar al pueblo a aceptar su trágica condición de mortal.

Todos los pedorros que yacemos aquí en el hospital somos la mayoría de las veces gentuza. Roncamos, escupimos, ensuciamos, vomitamos sin ningún pudor y cagamos casi con un exhibicionismo macabro. Yo comprendo que el organismo aprieta y que cuando hay que cagar, si no puedes moverte, tiene que venir alguien a ponerte la cuña. Eso, como digo, es comprensible, porque en nuestro estado una mierda retenida te puede llevar a la tumba. Ahí no valen los buenos modales. Pero hay cosas en los hospitales incomprensibles. ¿Han visto ustedes el tumulto, el ruido, la suciedad, la descortesía que imperan en los pasillos y en las habitaciones de los hospitales? Todo el mundo habla a gritos sin respetar el silencio que exigen la convivencia y el dolor ajeno. Es un sarcasmo. En las proximidades de los hospitales hay multitud de letreros que dicen

«Silencio Hospital» y dentro se permiten desvergonzadas orgías de decibelios. Un hospital de la Seguridad Social es una casa de locos llena de canciones, de telenovelas, de gritos.

Hay, a cambio, un dato desalentador. En el tiempo que estuve acompañando a Diógenes no vi a un solo enfermo recogido en la lectura de un libro. No saben nada, no quieren saber nada.

Las exigencias de los enfermos nacen de su ignorancia y su ignorancia les conduce a las más locas expectativas. Ahora, en cuando alguien se pone enfermo no duda de que será curado, no piensa que quizá sea un escogido de la muerte. Ha visto tantas imágenes de televisión en las que sólo se muere de un tiro, han leído tantas informaciones en los periódicos sobre las maravillas de la técnica moderna, que piensan que ellos, que durante largos años han pagado sus cuotas a la Seguridad Social, serán tratados con los últimos adelantos de la Ciencia. Quieren láseres, computadoras, rayos milagrosos con la tonta certeza de que con ellos serán salvados. Y lo quieren urgentemente.

Al ver que su tratamiento es un tratamiento de orinal, reposo y papillas se desalientan y creen que la sociedad está portándose injustamente con su imprescindible persona, que como todos los enfermos molesta y sobra.

Hay enfermos que están dispuestos a morir si mueren de lo más caro. Quieren llegar al Más Allá dando la impresión de que en la tierra de donde proceden tenían un nivel de vida excepcional. Y exigen el mismo nivel de muerte.

Y eso es imposible. Morimos como vivimos: como borregos.

Y no hablo de todos esos desdichados que he dejado en el hospital. Hablo de mí, hablo de mí mismo, de Fernando Tercero que en paz descansará si me descuido.

En ese momento, cuando iba absorto en mis pensamientos, dicen que me dio el ataque.

14

Ahora estos dementes que me han retenido contra todo derecho dicen que estoy loco y pretenden convencerme de que yo no estoy enfermo y quieren seguramente impedir que se me opere de este abdomen agudo que padezco y que anuncia sin lugar a dudas la próxima erupción volcánica del pus que me devora. Pero no se saldrán con la suya porque yo tengo influencias. No esas influencias canallas de los poderosos, sino las influencias democráticas que da la Constitución. Tengo la influencia de la Ley y la ley lo dice taxativamente: «El pueblo tiene el derecho inviolable a ser operado en los casos que señala esta misma ley en los apartados siete y ocho.» Así de claro.

Además quieren engañarme. Me hablan con frases cariñosas, pero yo conozco sus intenciones. Me empujaron criminalmente en la calle frente al hospital con la intención de negar el desmayo que sufrí por culpa de la repugnante infección que me devora. ¿Por qué me han escogido a mí para practicar sus torturas?

Sé que cientos de miles de enfermos esperan como yo la hora de ser operados. Quizá también ellos sean acusados de ser unos falsarios para ahorrarse los pequeños gastos de la operación. O quizás exista una razón que justifique su conducta que yo desconozco. ¡Pues que me la digan! Yo sabré comprenderles. Pero sé, porque me lo han dicho cientos de cirujanos del hospital, que los quirófanos están inutilizables, que a veces salen cucarachas por los tubos del oxígeno y muchas veces los virus y las bacterias, que generalmente son invisibles, se amontonan en la mesa de operaciones en tal cantidad que se puede percibir claramente su oscura mancha (que se agita por la impaciencia de las infectas miasmas que lo forman) en la brillante blancura de la pantalla.

Quizá no me puedan operar porque antes de que los quirófanos vuelvan a funcionar decentemente deberán pasar varios meses para conseguir la asepsia que exige la Organización Mundial de la Salud. Llevan años operando a cientos de enfermos, uno tras otro, sin pasar siquiera la fregona por el quirófano y sin que las enfermeras tengan la delicadeza de limpiar los bisturíes en el delantal de su uniforme. ¡Y ahora vienen con éstas! ¡Claro! A las delicadas enfermeras les da asco tener el delantal manchado de sangre. ¿No les pasa lo mismo a las honradas carniceras, que sin vergüenza de su condición social o de las manchas de sangre que tienen en los delantales, despachan la carne que descuartizan sus maridos al fondo del puesto en el mercado? ¡Que aprendan de ellas!

Pero la vida es así. Todo es confusión y misterios interesados. ¡Qué más da que haya cucarachas en las gomas de la anestesia! ¡Qué importa que millones de virus vuelen de bombilla en bombilla atraídas por su luz como los mosquitos mientras esperan que se raje la tripa del paciente para lanzarse sobre la carne fresca que se ofrece a su voracidad! ¡Qué me importa a mí su posible peligrosidad si yo, en el caso de que por fin se haga justicia y se me opere, por mi gravedad puedo ahogar en mi pus a todos los bacilos que habitan en los quirófanos y sus alrededores!

Son, y eso se comprende claramente en cuanto se reflexiona con seriedad y rigor, son otros los intereses que mueven a impedir nuestra curación a los responsables de la Salud Pública!

A mí no me engañan. Hace meses, cuando yo estaba cuidando de Diógenes en el hospital en que ahora no puedo entrar, en el que se me ha declarado persona non grata, escuché una conversación entre unos doctores que siempre he callado, pero que ahora, indignado por el trato que me están dando, la voy a contar a quien quiera escucharme.

Ustedes saben que la mayoría de las veces somos abiertos en canal para confirmar una hipótesis diagnóstica. Un médico dice una cosa, otro otra y mientras tanto el enfermo se muere. También la mayoría de las veces abren las tripas sin hipótesis, ni siquiera sospechas, de lo que van a encontrar en aquellas cavidades secretas. Pues bien, hace meses vino una pobre joven con un abdomen agudo como yo y la rajaron para ver qué tesoro aparecía y no apareció ningún tesoro. Sólo una infección inexplicable. Curó de las heridas que le causó el bisturí y se fue a casa. Dos meses después volvió con los mismos síntomas. Y de nuevo le abrieron con los mismos resultados. ¡Y así cuatro veces! Sólo a la cuarta vez, un médico se dio cuenta de lo que pasaba que, aunque con cierto sonrojo, les voy a contar. La joven enferma tenía un novio que no se contentaba con las caricias y los sondeos amorosos que la costumbre aprueba. No; él quería también extender sus besos a aquellas partes íntimas y maternales que a veces nos incitan a esos deseos lingüísticos y sorbedores. Todo eso está bien y es decente e incluso tolerado por las autoridades eclesiásticas siempre que los lametones terminen como la naturaleza ha ordenado para la reproducción de la especie humana.

Pero es que el novio enamorado, no sé si por vicio o porque el esfuerzo le hacía jadear, soplaba como un loco en aquella oquedad que por cierto misterio de las libertades que se toma a veces la anatomía estaba comunicada con los intestinos. Aquellos jadeos y soplidos de amor casi condujeron a la muerte a la complaciente enamorada. Ahora pienso que a lo mejor este bestia de Diógenes tuvo la peritonitis que tuvo porque alguna perversa enamorada le soplaba por el trasero.

Bien. Digo esto porque si no fueron capaces de adivinar la etiología eólica de la enfermedad de la joven infectada, ¿por qué se atreven ahora a negar categóricamente el origen patológico de los síntomas de mi abdomen agudo? ¿Qué se creen? ¿Que estoy embarazado? Esta noche he pensado que sí lo piensan y he tenido una pesadilla que me ha divertido cuando se me pasó el terror que me había causado.

Soñé que me llevaban en una camilla camino del quirófano. Como todos los sueños se estaba cumpliendo un deseo inconsciente. Por los pasillos los miles de enfermos que hacían cola desde hacía meses para operarse me miraban con envidia. Algunos tenían el estómago vendado porque habían intentado operarse ellos mismos pero su intento había sido frustrado por la intolerancia de los médicos. Me llevaban al quirófano y cuando me iban a anestesiar salieron las cucarachas correspondientes que, cosa curiosa (yo no lo sabía hasta que lo soñé), no sufren los efectos de la anestesia. Las cucarachas subían por los tubos que sustentan los sueros y cuando tenían un buen campo visual se detenían para ver la operación cómodamente. Es lo último que vi. Luego me durmieron.

Recuerdo, sin embargo, que en medio de la operación me desperté. El cirujano tenía en las manos un niño recién nacido ensangrentado y me decía:

–Ha sido una hermosa niña de cuatro kilos. ¡Enhorabuena!

Yo me indigné. Sé que se estaban vengando de algo que imaginaban que yo había hecho. Quizá de algunas de mis denuncias contra la Medicina Contemporánea. Fue inútil que les explicase que yo no podía haber tenido una niña, que era imposible que yo estuviese embarazado, porque hacía tres meses me había hecho la vasectomía. Les mostré las débiles cicatrices de mi escroto y el muy canalla de cirujano, para borrar la evidencia de mi testimonio, me los cortó de un tajo. «¡Fuera las criadillas!», gritó. Y se desenmascaró. Se quitó la máscara de desinfección y entonces apareció el rostro de quien yo me temía: ¡Mi padre!

Con un furor homicida empezó a cortar toda carne viva que se le acercaba. Cortó la cabeza del niño recién nacido y luego, agarrándome el pene por la punta, me dijo:

–¡Te voy a castrar del todo para que aprendas a no andar por el mundo como una marrana!

Diógenes, disfrazado de anestesista, estaba al fondo con las enfermeras que pedían a gritos mi sexo cuando hubiese sido cortado.

En ese momento me desperté lleno de angustia. Entonces fue cuando comprendí lo que estaba pasando.

Nos quieren matar a todos. A usted, a mí, a nuestros hijos, a todo ser vivo que es un potencial ocupador de quirófanos. ¿Y ésta es la política sanitaria del Estado? ¿Así se resuelven los problemas de España?

Les he oído decir que soy un paranoico. Ahora cualquier ciudadano que acuse con razón a los llamados nuestros superiores es considerado paranoico. ¿Es ser paranoico demostrar que se nos quiere matar para ahorrarse las míseras pesetas que cuestan doscientos o trescientos mil quirófanos bien repartidos por el suelo de España? ¿Tanto cuesta dar un nivel quirúrgico digno a los españoles? Miles de millones, quizá cientos de miles de millones de pesetas, nos gastamos alegremente en armamentos, en aviones, en portaviones deteriorados, de segunda mano, que los americanos nos venden para que les defendamos de ciertos hipotéticos enemigos que se filtrarán por el flanco sur. ¡Todo mentira! ¿Por qué no nos venden quirófanos los americanos? ¿Qué por qué? ¡Porque los guardan para ellos, porque ellos quieren que el pueblo americano tenga quirófanos como tienen coches, como tienen universidades prestigiosas, como tienen todo lo bueno que se produce en el mundo. Aquí, sin embargo, tenemos uno por cada dos millones de habitantes. Y luego pasa lo que pasa. Que nos morimos de peritonitis por falta de atención, porque los médicos tienen que diagnosticar las enfermedades intestinales mirando por un embudo que introducen como pueden por el ombligo de los pacientes.

¿Y el plan que tienen sórdidamente organizado para confundir al pueblo? ¿Por qué nos dan informaciones médicas que al día siguiente rectifican y al otro día vuelven a rectificar hasta formar un círculo que vuelve a donde había comenzado? Ayer leí que las tasas bajas de colesterol dan cáncer. Durante años y años nos han estado informando de los peligros de tener alto el nivel del colesterol y ahora, de repente, seguramente por miserables intereses económicos, nos dicen que el colesterol bajo da cáncer. ¿Es eso decente? Nos hunden en la duda y en la ignorancia para que luego, cuando necesitamos un quirófano, puedan decirnos desde su poder y su desprecio: «No pueden operarse porque los quirófanos dan cáncer.» Hablan, hablan, y hablan sin cesar y dicen palabras, palabras, palabras para ocultar los hechos. ¡Qué bien les conocía Hamlet! Hamlet sí que sabía y por eso fue asesinado en presencia de su propia madre con el bisturí envenenado de Laertes, conocido funcionario del Ministerio de Sanidad de Dinamarca. Así nos están envenenando con sus informaciones, con sus estúpidas informaciones que no hacen más que desinformarnos. Hoy ha dicho la televisión que el 40 por ciento de las medicinas que se consumen en España no sirven para nada. Llevan diciéndolo hace años. Un día al año, solemnemente, el Ministro del Ramo nos repite: «No toméis tantas medicinas. El 40 por ciento de todas ellas son inútiles y perjudiciales.» Luego se calla, se va y no pasa nada. ¿Eso es un ministro de Salud Pública? Al día siguiente de hacer esa declaración, todas las medicinas inútiles deben ser retiradas de las farmacias, de los grandes almacenes, de los botiquines privados y rápidamente deben ser enviados a los países subdesarrollados que las comprarán encantados porque ignoran que no sirven para nada. Eso sería una política económica coherente, pero, ¿para qué vamos a pedir peras al olmo? Seguiremos con las medicinas inútiles y sin quirófanos o en su lugar, sin una divulgación un poco seria que informe cómo se construye un quirófano y podamos así en caso de urgencia operar a nuestros hijos en casa cuando los millares de enfermos que rodean los quirófanos nos impidan acercarnos llevando en brazos el cuerpo exánime de nuestros hijitos moribundos. ¡Qué políticos tenemos! Sólo se ocupan de erradicar el terrorismo y de cobrar impuestos. ¡Con que sólo dedicasen a construir quirófanos el 60 por ciento del presupuesto nacional, estaríamos todos salvados! ¿Pero acaso los gobiernos se ocupan de los intereses del pueblo? No, no se ocupan. Los gobiernos sólo se ocupan de salir fotografiados con sus carteras debajo del brazo.

Cuenta Cervantes en su inimitable *Persiles y Segismunda* por boca de uno de sus personajes, que cierto caballero se levantaba respetuosamente cada vez que servían aceitunas en la mesa donde estaba invitado a comer. ¿Saben eso nuestros gobernantes? No, no lo saben. Los gobernantes sólo saben vengarse. Por eso es mejor tratarles con respeto porque desde su poder se vengan fácilmente de sus acusadores, sobre todo si les acusan de cosas verdaderas. Hay, pues, que tratarles con respeto o degollarlos para evitar sus venganzas. Los revolucionarios profesionales saben bien que son necesarios esos degollamientos. En la Revolución Francesa les cortaron el pescuezo a todas las familias reales y aristocráticas que pillaron. Los rusos hicieron lo mismo con los Romanov. Nosotros debemos hacer lo mismo con los políticos que dicen que nos gobiernan. Habría que juntarlos a todos y amenazarles con su extinción definitiva. Verían ustedes cómo inmediatamente sacaban el dinero necesario para construir los quirófanos que el pueblo exige. ¡Verían cómo el ministro de Hacienda sacaba el dinero necesario de esas partidas ocultas que tienen escondidas para comprar a los periodistas y evitar con su soborno que informen al pueblo del más grave problema que les aqueja: la carencia de quirófanos! Los periodistas, por dinero, escogen la verdad que más conviene al pueblo a quien informan.

Yo no soy como ellos. Yo no cambio de opinión. Yo digo y seguiré diciendo hasta perder la vida si es necesario: «¡Un quirófano! ¡Mi reino por un quirófano!» Ya no aguanto más. O me operan antes de tres horas o me va a salir la putrefacción por los ojos y por el ombligo. ¡Qué terquedad la de los médicos! Son todos iguales. Cinco médicos casi mataron a Diógenes que se salvó de milagro cuando por fin un cirujano se dejó convencer. A él le escucharon. A mí no quieren hacerlo a pesar de que tengo todos los síntomas: la tripa dura, los pulsos acelerados, vómitos, retención de heces y, sobre todo, tengo razón: me van a matar de dejarme morir.

Ahora están llamando de nuevo a la puerta. Me están diciendo embusteramente que me van a llevar al quirófano como es mi deseo para quitarme los monstruos interiores que me devoran. Son unos ingenuos: creen que les creo. Yo sé lo que van a hacer conmigo. Van a ingresarme en un hospital para enfermos inmaduros.

No saben lo que les espera. Voy a abrirles y me voy a dejar conducir haciéndoles creer que confío en sus palabras.

Y cuando menos lo esperen apretaré las nalgas y estallarán los tres kilos de goma-2 que me he introducido en el recto.

No se va a salvar ni uno. Se lo merecen.

Amor con amor se paga.

FIN